搜神異寶錄

懸疑考古探險搜神小說

之 9 藏地尋秘

婺源霸刀 著

目錄

搜神異寶錄
楔子
苗君儒正色道：
「康先生，這東西對於你來說，或許是不祥之物。
我不知道你通過什麼途徑拿到這東西，
我勸你還是早早送回去。
晚了，恐怕連你的命都保不住！」

一九三三年，希特勒在德國大肆鼓吹種族優越論，稱人類每七百年進化一次，最終目的是將雅利安人（在納粹語言中，雅利安人有時指非猶太血統的白種人，更多是單指日耳曼人）這樣的「優秀」人種進化為具有超常能力的新人類。

為印證元首的理論，納粹黨衛軍頭子希姆萊，在一九三五年組建了一個服務於納粹教義的「祖先遺產學會」，網羅了包括醫學家、探險家、考古學家甚至江湖術士、精神病患者在內的各色「專家」，對人種、血統、古代宗教、古代遺址、神話傳說等進行考察研究。到戰爭結束時，該學會已發展成為一個擁有四十個部門的龐大機構，它不僅對猶太人進行活體實驗，還通過占卜、占星等手段指導德軍的軍事行動。

在歐洲，長期流傳著一個關於亞特蘭提斯（大西洲）的傳說。在傳說中，亞特蘭提斯大陸無比富有，那裏的人是具有超凡能力的神族。有關它的文字描述，最早出現在古希臘哲學家柏拉圖於西元前三五〇年撰寫的《對話錄》中。他寫道：「一萬兩千年前，地中海西方遙遠的大西洋上，有一個令人驚奇的大陸，它被無數黃金與白銀裝飾著……」

亞特蘭提斯的勢力遠及非洲大陸，在一次大地震後，這塊大陸沉入海底，一些亞特蘭提斯人乘船逃離，最後在中國西藏和印度落腳。這些亞特蘭提斯人的後代曾在中亞創建過燦爛文明，後來他們中的一部分人向西北和南方遷移，分別成為雅利安人和印度人的祖先。一些納粹專家宣稱亞特蘭提斯文明確實存在，並認為雅利安人只是因為後來與凡人結合才失去了祖先的神力。希姆萊對這個神話傳說深信不疑，他相信，一旦證明雅利安人的祖先是神，只要借助選擇性繁殖等種族淨化手段，便能創造出具有超常能力的、所向無敵的雅利安神族部隊。

為了尋訪先祖遺民，一九三八年，希姆萊奉命派遣以博物學家恩斯特・塞弗爾和人類學家布魯諾・貝爾格為首的「德國黨衛軍塞弗爾考察隊」奔赴西藏，這支隊伍的其他成員還包括植物學家、昆蟲學家和地球物理學家。

這次考察中，隊員們還從當地人口中得知有一個名叫沙姆巴拉的洞穴，據說那裏隱藏著蘊含無窮能量的「地球軸心」，誰能找到它，就可以得到一種生物場的保護，做到「刀槍不入」，並能夠任意控制時間和事件的變化。一九三九年八月，考察隊回到德國，受到希姆萊的熱烈歡迎。希姆萊向塞弗爾頒發了「黨衛軍榮譽劍」。

一九四一年十二月底，德軍在蘇聯戰場上被擊敗，希特勒和他的總參謀部一籌莫展。此時，希姆萊也在為如何擺脫軍事上的被動處境冥思苦想，他想到了那個在遙遠東方的「地球軸心」。此後，希姆萊面見希特勒，提出派遣一支特別行動小分隊，前往西藏沙姆巴拉洞穴，找到那個能夠控制全世界的「地球軸心」，然後派數千名空降兵到那裏，打造一個「不死軍團」；與此同時，可以顛倒「地球軸心」，使德國回到一九三九年，改正當初犯下的錯誤，重新發動戰爭。為此，希姆萊與希特勒密談了六個小時，還向希特勒遞交了一份兩千頁的報告，其中的一張地圖示出了沙姆巴拉的大體位置。

一九四三年一月，由海因里希·哈勒率領的納粹五人探險小組秘密啟程赴藏。

儘管德國將這一舉措列為特級保密計畫，但作為軸心國同盟的日本，在獲取相關情報後，對德國的這一行動也很感興趣。同年二月，日本華北方面軍發動「太行作戰」。四月，中美英三國共同計畫，決定在緬北和滇西進行大規模反攻作戰。

與此同時，日軍積極調兵遣將，在鄂西一帶對中國軍隊展開瘋狂進攻，其目的是想掃清重慶週邊的防禦，拖住國民黨的兵力，以策應日軍在緬甸戰場上的作戰計畫。

幾處主要抗日戰場上打得如火如荼，而作為陪都的重慶，除了偶爾響起尖利的防空警報聲外，完全是一派歌舞昇平的繁華景象，那些有錢人每日留戀在酒店和歌舞場所，在醉生夢死之間尋求安逸與「解脫」。

剛視察完中國駐印軍的蔣介石，站在巨幅的軍事地圖前，他的目光相繼掃過緬甸與重慶周邊地區，最後定在了與重慶有千里之遙的世界屋脊上。他的目光漸漸迷離，依照國民政府與西藏噶廈的協議，在沒有特殊的情況下，國民政府不得派兵進入西藏。（作者注：噶廈是官署名，藏語音譯，即西藏原地方政府。）

但是當前的局勢不得不令他有所考慮，根據中統與軍統得到的情報，日本方面正積極與西藏那邊聯繫，聯繫的結果怎麼樣，沒有人知道。

半年前，噶廈的「外交局」成立，同時通知駐拉薩的英國、尼泊爾和國民黨政府的代表，今後諸事就要與這個新成立的機構交涉，這就是西藏意圖獨立的最明顯手段。

雖然國民政府立即表示反對，不同意西藏將國民政府與英國相提並論做法，並指示其駐拉薩的官員孔慶宗繼續與噶廈當局交涉，同時也不得與外交局發生任何關係。但是噶廈卻頻頻派出官員，以獨立政府的形式與其他國家談判。

噶廈的這種做法，也引來許多頭人與貴族的不安，他們擔心國民政府像清朝政府一樣，派兵進入西藏，令藏民生靈塗炭。在他們的眼裏，不管外面的世界怎麼樣，他們所要的，就是安寧。

在國際上，英國政府以支援中國抗戰為名，要求中國承認「西藏獨立」，以犧牲主權來換取開闢中印馱運補給線。英國通過外交代表多次向美國試探，希望美國就「西藏問題」與英國一道向中國政府施加壓力。雖然美國並未公開支持英國，但是，種種跡象表明，美國暗中支持英國，而且還派情報人員進入西藏，以考察測繪為名開展各種情報活動。

國民政府與西藏噶廈的關係空前緊張起來。

重慶市磁器口古玩街，禮德齋古董店內廂房。

兩杯冒著熱氣的清茶，就放在苗君儒面前的茶几上，他一副全神貫注的樣子，左手拿著一個黑色的小物件，右手拿著一個放大鏡，身體微微前傾，眼睛透過放大鏡仔細盯著那物件。他保持著這個姿勢，已經超過了半個小時。

那物件長約十五公分，寬約三公分，厚度約一公分，通體黝黑，入手很沉，上寬下窄，上部的外形與老式銅鑰匙有些相似，扁扁的，便於手拿。其下部分為不規則的圓形，像極了大冷天屋簷上倒掛下來的冰稜，表面隱約有一條條的細線，十分的均衡，細線中間隱隱有亮光閃爍，如同夜空中的星星。

就這樣的東西，若是沾上點泥土隨意丟在地上，是很少有人彎腰去揀的。

坐在苗君儒對面的，是一個三十多歲，西裝革履，頭上戴著文明帽的男人，他的名字叫康禮夫，其公開身分是重慶禮德公司的總經理。禮德公司下屬有多家公司工廠和珠寶古董店，生意都相當不錯。

站在康禮夫身後的那個年約七旬，穿著長衫大褂，戴著瓜皮帽的老頭子，姓劉，是禮德齋古董店的掌櫃，人稱劉大古董。說起這劉大古董，在國內古董界，那是一位很有名氣的人物。他九歲到北京琉璃廠古藝齋學徒，廿一歲出師，一生見過數不清的絕品古董。在古董界浸淫了這麼多年，對各類古董玉器字畫的鑒定能力，極少有人與之匹敵。

古董界流傳著一句行話：秦磚漢瓦，孰道真假，唐宋名家，都怕劉大。無論什麼東西，只要一到他的手裏，立馬就能辨出個真假來。任憑偽造者的本事有多麼的高超，都無法逃過他的火眼金睛。

康禮夫和劉大古董的神色顯得緊張而凝重，緊盯著苗君儒，連呼吸都似乎有些急促。

也不知道過了多久，康禮夫似乎有些不耐煩了，端起茶杯輕輕抿了一口。從口袋裏拿出煙盒，正要點煙，見苗君儒長長吁了一口氣，放下放大鏡，忙遞了一支煙過去，問道：「苗教授，看出來沒有？」

苗君儒並未回答康禮夫的話，而是直盯著劉大古董，緩緩說道：「劉掌櫃，您老在古董界也是首屈一指的人物，居然還有看不出來的東西？」

劉大古董一臉慚愧之色，連連拱手道：「苗教授，羞愧得很，老朽在行內混了幾十年，見過不少奇珍異寶，很少有走眼的時候，為此也頗受同行們的推崇。可這東西，我實在無法斷定。之前也請了幾個行內的高人來看過，都沒有辦法看出來。」

康禮夫說道：「如果連你苗教授都看不出來的話，這東西恐怕……」

苗君儒擺了擺手，正色道：「康先生，這東西對於你來說，或許是不祥之物。我不知道你通過什麼途徑拿到這東西，我勸你還是早早送回去。晚了，恐怕連你的命都保不住！」

聽了這話，康禮夫冷笑道：「苗教授，你這是在嚇我吧？我康禮夫活這麼大，還不知道『死』字是怎麼寫的呢！不要說是其他人，就是連老頭子，也要給我叔叔幾分面子！」

他的叔叔是國民政府的重要人物，深受蔣總裁的器重。在叔叔的庇護下，他的生意遍佈國內各大城市，鴉片、藥品、布匹、鋼材等緊俏物資無不涉足。除孔令俊的揚子公司外，沒有哪一家公司能夠與之匹敵。

「既然這樣，那我就沒什麼好說的了！」苗君儒把那物件放在茶几上，起身說道：「告辭！」

他剛走到門口，就被兩個精壯的男子攔住。

康禮夫嘿嘿一笑，說道：「苗教授，今天請你來的真正目的，可不是讓你看東西！」

苗君儒回身問道：「那你想我做什麼？」

康禮夫點燃了一支煙，深深吸了一口，說道：「既然你看出來了，我就不想再遮掩，我沒有別的意思，只想你跟我們去一趟。為了得到這東西，我已經付出了很大的代價。我是個生意人，付出了代價，總得有所回報，你說是吧？」

苗君儒冷笑道：「康先生，你相信傳說麼？」

「怎麼不信？」康禮夫站起來，指著對面藏物擱架上的一匹高約兩尺、造型扁平、顏色深邃的玉馬說道：「歷史上有很多傳說都是可信的，不說別的，就拿它來說，它可是商紂王的寵物。傳說它能化為真馬，夜行八百里，每年逢七月十四紂王自焚之時，仰天長嘶不已。它化為真馬我沒有見過，不過我聽過它的叫聲，和真馬一般無二。」

苗君儒不置可否地笑了一下，考古這麼多年，他深知很多古董物件上有一些奇特的現象，無法用科學來解釋，當下說道：「康先生，既然你相信那個傳說，為什麼不直接帶人過去尋找，而要拉上我呢？」

康禮夫說道：「有關苗教授的傳奇故事，我聽過不少。我想，除了你之外，沒有人能夠幫我這個忙。我打聽過了，你在西藏那邊有過一次奇遇，有你一起，我就放心很多。苗教授，我答應你，只要找到那地方，我們五五分成，就算找不到，我給你十萬大洋，怎麼樣？」

站在旁邊的劉大古董一聽十萬大洋這個數字，不禁倒吸了一口涼氣。

苗君儒淡淡地說道：「我只是個考古學者，不是探險家，我建議康先生還是去找別人吧。自日寇侵華以來，難民無數，餓殍遍野，國殤之痛大於天。那十萬大洋，還是用來救濟百姓，多做些善事為上，我苗君儒領受不起。」

康禮夫的臉色頓時一變，沉聲道：「苗教授，你的意思是堅決不去嘍？」

苗君儒說道：「我不會把我的時間花在無謂的地方！」

那兩個精壯的男子掏出槍來，往前逼了一步，還不等他們再有什麼動作，只覺得眼前一花，手腕上傳來一陣劇痛，握在手裏的槍不知怎麼到了苗君儒的手裏。當他們再次看清面前的情形時，嚇得連忙退到一邊。

苗君儒像玩小兒玩具一樣把玩著手裏的兩支槍，槍口朝著那兩個人來回晃動，他低聲說道：「我最討厭別人用槍指著我，更討厭別人逼我做事！」

劉大古董一見情況不妙，忙上前說道：「苗教授息怒，你是我請來的貴客，怎麼跟他們兩個人計較起來了，來來來，請坐，請坐！康先生也沒有別的意思，只希望得到你的幫助！」

苗君儒把手裏的兩支槍丟在地上，對劉大古董說道：「劉掌櫃，如果我沒有猜錯的話，之前見過這個東西的人，恐怕都被滅了口，康先生那麼做，是不想這東西的秘密讓別人知道！」

劉大古董訕訕地一笑，沒有說話。就在幾天前，重慶市好幾個上了年紀的古董界元老級人物相繼暴病而亡，聯想到剛才劉大古董說過的話，就不難猜出那幾個人死亡的幕後真相了。

康禮夫聲音陰沉地說道：「苗教授，就算你能夠從這裏走出去，也難保沒有人朝你的背後開槍！」

苗君儒輕蔑地看了康禮夫一眼，說道：「你們除了用那種下三流的手段，還會用點別的嗎？康先生，我寧可死在街頭，也不願意助紂為虐！」

康禮夫氣得臉色發青，從衣內拔出手槍，大聲說道：「姓苗的，你別不識好歹，從來沒有人敢不給我面子，只要你從這裏走出去，我保證，死的絕對不止你一個。不是有一個姓廖的女教授和你的關係好麼，我知道她女兒長得相當不錯，如果賣到妓院裏去，保準是頭牌！」

苗君儒憤怒地望著康禮夫，從牙縫中擠出兩個字：「卑鄙。」

康禮夫得意地笑起來：「怎麼樣，想通了麼？」

苗君儒可以不懼自己的生死，但他不得不考慮廖清和程雪梅的安危。（有關

苗君儒與廖清程雪梅母女倆的關係，可見拙作《盜墓天書》）

每個人都有弱點，一旦弱點被對手捏住，就只有屈服的份。他想了一會兒，說道：「要我去也可以，我有條件！」

康禮夫的眼睛一亮：「什麼條件，儘管說！」

苗君儒說道：「你不是要給我十萬大洋嗎？那些錢我不要，我要你從明天開始，在朝天門碼頭上支起十口大鍋，煮粥施捨難民，另外給每個前來討粥的難民每人兩塊大洋，一身衣裳！」

自抗戰以來，湧入陪都重慶的難民已有數十萬之多，每天仍有上千難民湧入。康禮夫丟掉煙蒂說道：「沒問題，這粥和大洋立馬就可以辦，只是那衣裳，一時間沒有那麼多！」

苗君儒說道：「你禮德公司屬下不是還有幾家製衣廠，專門製作軍服的嗎？臨時用來製作民衣也未嘗不可！」

那幾家製衣廠製作軍需用品，每天能給康禮夫帶來上萬大洋的利潤，他忍痛說道：「好，苗教授，我豁出去了，我們什麼時候動身？」

苗君儒說道：「三天以後！」

他剛走出屋外，就見劉大古董從後面追上來，連聲叫道：「苗教授，請等一等！」

苗君儒停住腳步問道：「劉掌櫃，還有什麼事嗎？」

劉大古董拱手道：「苗教授，剛才聽你和康先生說的那些話，我聽著不明白，康先生好像知道那東西是什麼，卻一直沒有對我說，還要我找人幫他看。你既然已經看出來了，也沒有說是什麼。你們都提到傳說，到底那東西和哪個傳說有關？」

苗君儒說道：「劉掌櫃，我說過那東西是不祥之物，你不知道也罷！」

劉大古董說道：「我看東西那麼多年，這一次居然看不出來，實在心有不甘，心有不甘哪！」

苗君儒微笑道：「劉掌櫃，你當真不怕死麼？」

劉大古董說道：「我活了這麼大年紀，黃土已經蓋頂了。從康先生對那東西的珍愛程度，我就知道我一生見過的無數奇珍異寶，都比不上那東西。要是能讓我知道那東西是什麼，就是現在讓我死，也值了！苗教授，自古七十二行，行行出狀元，我也知天外有天，人外有人之理。看在我們之間還有些交情的份上，你總不能讓我帶著一份遺憾進棺材吧？」

對於一個在古董界享有很高聲譽的人物來說，若是看不準一件古董的真偽和來歷，無疑是最大的屈辱，至死都將耿耿於懷。苗君儒能理解劉大古董的心情，他說道：「劉掌櫃，我不想害你，三天後我和他一起走，如果我有命回到重慶的話，再告訴你那是什麼東西！」

劉大古董站在台階上，看著苗君儒走下台階的步伐，是那麼的沉重與無奈。他實在不明白，他已經將話說到那份上，苗君儒為什麼還是不肯說，難道僅僅是為了保住他的命？或是為了掩蓋與那東西有牽連的歷史真相？康禮夫究竟想去哪裏，去做什麼呢？

康禮夫從屋內慢慢走出來，斜視著劉大古董說道：「劉掌櫃，我勸你還是少操那份閒心，苗教授不想你死，我同樣也不想你死，明白嗎？」

他走下台階，在幾個黑衣男子的護佑下，上了停在路邊的黑色福特小轎車。

劉大古董望著那小轎車消失在街道盡頭，他知道他一時間無法知道答案，但是那個答案除了苗君儒和康禮夫外，應該還有一個人知道，就是前兩天到過他店裏的那個外地人。

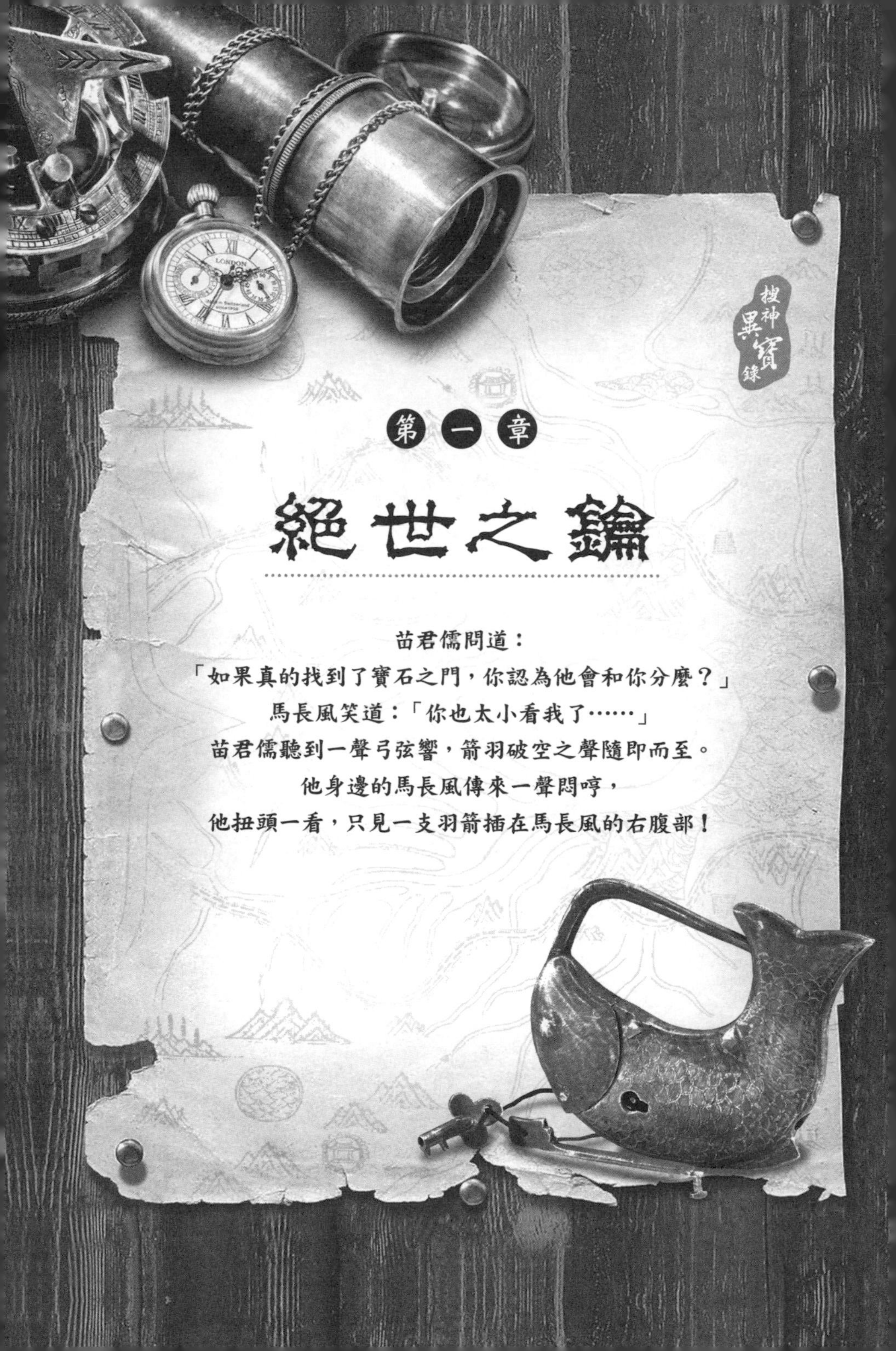

第一章

絕世之鑰

苗君儒問道：

「如果真的找到了寶石之門，你認為他會和你分麼？」

馬長風笑道：「你也太小看我了……」

苗君儒聽到一聲弓弦響，箭羽破空之聲隨即而至。

他身邊的馬長風傳來一聲悶哼，

他扭頭一看，只見一支羽箭插在馬長風的右腹部！

朝天門位於重慶城東北長江、嘉陵江交匯處，襟帶兩江，壁壘三面，地勢中高，兩側漸次向下傾斜，是重慶最大的水運碼頭。明朝初期，重慶衛指揮使戴鼎擴建重慶舊城，按九宮八卦之數造城門十七座，其中規模最大的一座城門即朝天門。門上原書四個大字：「古渝雄關」。因此門隨東逝長江，面朝天子帝都南京，於此迎御差，接聖旨，故名「朝天門」。一八九一年重慶闢為商埠，朝天門始設海關。一九二七年因修建朝天門碼頭，將舊城門撤除。

朝天門左側嘉陵江納細流匯小川，縱流一千多米，於此注入長江。碧綠的嘉陵江水與褐黃色的長江水激流撞擊，漩渦滾滾，清濁分明，形成「夾馬水」風景，其勢如野馬分鬃，十分壯觀。右側長江容嘉陵江水後，聲勢益發浩蕩，穿三峽，通江漢，一瀉千里，成為長江上的「黃金水段」。

時值抗日最艱難的時期，大批難民從各個方向湧入重慶，每天在這裏上下的難民和挑夫數以萬計。

康禮夫沒有食言，第二天就在朝天門碼頭上支起十口大鍋，以重慶商貿協會的名義救濟難民，每人除了領到一身灰棉布衣裳外，還有兩塊響噹噹的大洋。一些民主人士不斷在報紙上發表文章，呼籲「禦日寇於國外，拯萬民於水火」。

受此影響，不少商家自願加入了慈善者的行列，難民的生活得到了有效的保障，社會次序逐漸安穩下來。正為重慶混亂不堪的局面而頭疼的軍政府，頓時緩了一口氣。

對於那些為黨國出錢出力的商人，在林園深藏不露的蔣總裁得到消息後，當即安排了一個表彰大會，給每個慈善家予以表彰。在耀眼的鎂光燈中，他握著康禮夫的手，久久捨不得放開。有這幫生意人相助，何愁國難不去，黨國不興？

沒有人知道，這場聲勢浩大的慈善活動，居然是一個不問政治的考古學者逼出來的。所有事關慈善活動的報紙消息上，自始至終都沒有出現苗君儒這三個字。苗君儒當然不在乎那些虛名，他在乎的是，那東西怎會到了康禮夫手中？

劉大古董清楚地記得那外地人的樣子，是典型的藏族漢子，一頭濃密的頭髮下面，是一張藏民特有的紫黑色國字臉，高挺的鼻樑，絡腮鬍，高大健壯的身軀，結實的肌肉，穿著一身對襟短褂，頭戴寬簷帽，腳穿厚底馬靴。腰裏似乎還別著硬傢伙。

那天那漢子進店來的時候，門口還站了兩個跟班。對於這樣的客人，夥計向來是不敢得罪的，便上前點頭招呼，問需要買點什麼東西。

那漢子拿出二十塊大洋拍在櫃檯上，只說要見一見劉大古董，有事情請教。

在古董界，有一條不成文的規矩，請人幫忙看貨，應根據貨的貴賤程度和看貨人的威信，支付五塊到五十塊現大洋的酬謝。

夥計見那漢子也是懂規矩的，更加不敢怠慢，忙吩咐其他人通知掌櫃的，並將那漢子引到旁邊廂房的雅座間看茶。

劉大古董來到廂房的雅座間，朝那漢子拱手後問道：「請問客官，要我看什麼貨？」

那漢子起身關上門，低聲說道：「我知道你劉掌櫃的威信，人稱火眼金睛，在重慶的古董界，你算是頭面人物！」

劉大古董謙虛道：「那都是同行們的抬愛，慚愧，慚愧！」

那漢子從身上拿出一張紙來，鋪開，說道：「劉掌櫃，我要你幫忙看的貨在這裏！」

劉大古董看了一眼紙上畫的圖案，見那畫著的東西有些像古代的銅匙，形狀有些顯得怪異，便有些生氣地說道：「客官，你是在消遣我吧？看貨當以實物為準，哪有畫個草圖就請人看的？單憑紙上的圖案，如何看得明白？」

那漢子說道：「劉掌櫃，貨物不在我的手上，我只想請教一下，之前你見過這東西沒有？」

劉大古董肯定地說道：「我看貨看了幾十年，什麼樣的東西都見過，就沒見過這張紙上畫的東西。如果你想知道那是什麼，可以等貨到手之後再來找我！」

那漢子想了一下，從身上拿出四根金條來，說道：「如果以後有人請你看這東西，無論花多大的代價，務必幫忙留下，如果這些錢不夠的話，就請你用竹竿在店門前挑一黃布條，自然會有人跟你聯繫的！」

價值四根金條的古董並不多，劉大古董看著面前那黃燦燦的金條，忍不住又朝紙上多看了幾眼，心中不免升起疑雲：那東西的形狀雖然怪異，可沒有看到實物，看不出珍貴之處，這漢子一出手就是四根條子，想必那東西確實珍貴至極，任是花多大的代價，都要弄到手了。

他心中盤算著日後要真是見到那東西，怎麼樣從中穩穩賺上一大筆。他想了一會兒，問道：「萬一沒有人找我呢？」

那漢子笑了笑：「只要那東西在重慶，一定會來找你看貨的！」接著收起圖

紙，說了一聲「打擾」，便起身快步離去。

當時劉大古董怎麼都沒有想到，三天後，他的老闆康禮夫就拿著那東西見他，要他幫忙看看。就這樣一件造型奇特看似簡單的東西，任他看花了眼，都沒有看出是什麼來。不過有兩點他可以肯定，就是這東西的歷史很古老，而且材質堅硬異常，非玉非鐵。

他出面請了幾個古董界的高手來看，可那些人也看不出是什麼東西來。老闆手上的東西，他當然不敢胡思亂想。可自從他聽過苗君儒與老闆的對話後，下決心一定要弄清楚那東西的來歷。

當天傍晚，他便吩咐夥計用竹竿在店門前挑出了黃布條，可是一天過去了，並沒有人上門來聯繫。難道是那個藏族漢子騙了他？可是那四根金條，是實實在在的東西呀！

有消息說康禮夫在朝天門碼頭做慈善，僅第一天就送出了三萬多大洋。照此下去，不消兩天，十萬大洋就不見了。別人不知康禮夫的為人，他劉大古董可是一清二楚的，那是一個視財如命的傢伙，平時連一個銅板都捨不得給別人的。現在為了要苗君儒去尋找什麼地方，肯出那麼多「血」，居然連眉頭都不眨一下。

既然那個藏族漢子不上門，他可以派夥計出去找。可是幾個夥計在重慶各大小古董店轉了一整天，都沒見那漢子的影子。

那漢子是為那東西來的，絕對不可能輕易放棄。劉大古董除了繼續派人尋找之外，也沒別的辦法可想，只安心待在店裏等人上門。

劉大古董沒有注意到，這條街上多了幾個陌生人。

時下湧入重慶的難民那麼多，來往的行人中，有幾個是他認識的呢？

苗君儒回到學校的第二天晚上，在書房趕寫一篇關於古生物化石的學術研究報告，那是為兩個月後參加國際考古工作者研究成果會議而準備的。

外面響起了敲門聲，苗永建起身開門，見一個健碩的藏族漢子站在門口。

那藏族漢子說道：「我想找苗君儒教授有點事！」

苗永建微笑著問：「對不起，我父親今天不空，你改天再來吧？」

以他父親苗君儒在考古界的聲譽，經常有人慕名上門拜訪，大多是求他父親幫忙看古董的。

那藏族漢子說道：「他必須見我，否則他有生命危險！」

苗永建微微一驚，心知他父親多次出外考古，遇到很多奇異的事，也交了不少奇人異士，他上下打量了這藏族漢子一番，說道：「請稍等，我去問一問！」

他讓這藏族漢子進門，回身敲了敲書房的門，低聲說道：「父親，有一個人想見你！」

裏面傳出苗君儒的聲音：「不見！」

苗永建對那藏族漢子報以歉意的微笑：「對不起，剛才你也聽到了，我父親今晚不想見任何人！」

那藏族漢子拿出一張紙，說道：「你把這張紙給他看，他會見我的！」

苗永建接過那張紙，耐著性子輕輕推門進去了。不一會兒，苗君儒從書房內走出來，目光如炬地盯著那藏族漢子，沉聲問道：「你是為這東西來的？」

那藏族漢子點了點頭，跪下來朝苗君儒施了一禮，說道：「扎西貢布見過漢人大活佛。」

苗君儒微微一驚：「你認得我？」

扎西貢布起身說道：「苗教授的壯舉，早已經在雪山下傳開了，誰不知道我們藏人有一個漢人大活佛呢？只是很多人沒有見過你而已。」

十年前，苗君儒去新疆和田考古，路過西藏神山附近的普蘭，認識那裏的大頭人哈桑，並有幸和他結為異性兄弟。也就是在那一次，他從幾個神秘人的手下救了「轉世靈童」，得到一串「轉世靈童」賜給他的舍利佛珠，並敕封他為「漢人大活佛」。

苗君儒笑道：「那是，那是！」

扎西貢布說道：「我還知道你和普蘭的哈桑大頭人是結拜兄弟！」

苗君儒問道：「你也認識哈桑大頭人，他還好吧？」

扎西貢布說道：「兩年前，聽說哈桑大頭人為了追回被偷走的神物，死在你們漢人手裏了，到現在連屍首都沒有找到。」

苗君儒驚道：「人死了，怎麼會連屍首都找不到？」

扎西貢布說道：「天神發怒，大雪掩蓋了一切！」

苗君儒明白了，一定是雙方的人在雪山腳下拚鬥，槍聲引發了雪崩，把所有人都掩埋了。他說道：「可就算那樣，事後也可以把屍首找回來的呀！」

扎西貢布說道：「那地方沒有人能進得去，聽說哈桑大頭人的大少爺傑布派了兩撥人進去，都沒有出來。」

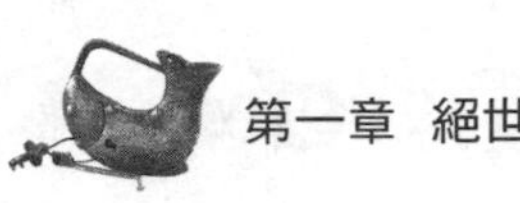

苗君儒問道：「兩年前發生的事，你怎麼現在才來找我？」

扎西貢布說道：「這兩年來，神物一直沒有露面，所以我們也不敢妄動，害怕得到神物的人永遠把神物藏起來了，現在神物已經現世，所以我就來找你！」

苗君儒想到，康禮夫為了保守秘密，把那幾個見過神物的人都「處理」掉了，扎西貢布又是怎麼得到消息的，而且來得那麼準確？莫非扎西貢布此前早就在重慶古董界安插下眼線，神物一出現，他立馬得到消息。

苗君儒問道：「你現在來找，想要我做什麼？」

扎西貢布問道：「你見過神物？」

苗君儒說道：「之前我只知道那個傳說，並不知道還真有這東西！」

扎西貢布恭敬地說道：「其實對於你們來說，那是個不祥之物！你是我們的漢人大活佛，又是考古學者，我來找你的目的，一是確認神物在誰的手裏，二是求你不要捲入這件事。」

苗君儒坐下來說道：「可惜已經遲了，三天後，那個人會帶著那件神物，要我陪著一同去尋找傳說中的地方！」

扎西貢布正色道：「看來我真的來遲了。也許你不知道，自從兩年前，一個神殿的叛逆帶著你們漢人偷走神物後，天神已經給大地降下災難。這兩年來，邪魔勢力趁機佔領光明，各頭人和頭人之間相互猜忌，甚至大打出手，雪山下幾乎是血流成河。」

苗君儒驚道：「怎麼會這樣？」

扎西貢布說道：「反正你要回去的，去了就知道了！」

說完，像一陣風一樣出了門。

苗永建剛要去關門，突然聽到外面傳來幾聲槍響。他往前一看，見一個穿著便衣的男子倒在樓下的一盞路燈下，哪裏還見扎西貢布的影子。他知道自從父親下午回來後，樓下就多了幾個陌生人，那些人一定是受人指使，監視他父親的。扎西貢布進來的時候，早已經被那些人盯上，離去的時候免不了會和那些人發生衝突。

他關上門，回到苗君儒的身邊，低聲問道：「父親，你能告訴我你們剛才說的是怎麼回事麼？」

苗君儒歎了一口氣，說道：「如果當年我沒有經過普蘭，不認識大頭人哈桑，也許就不知道那個神物和傳說了！」

苗永建不敢插話，給父親倒了一杯茶，坐在一張小椅子上，靜靜地聽下去。

苗君儒的目光深遠起來，聲音也顯得低沉而空曠：「十年前，我去新疆和田考古，回來時候走錯了路，居然走到西藏西南部岡底斯山脈的一條山谷裏去了，我們一行十二人，被當地彪悍的藏民抓了起來，綁在一間小石屋裏等候大頭人的發落，雖然我們有懂藏語的嚮導，說明我們是考古隊，可是他們不信，偏說我們是衝著他們的神物去的。

「大頭人哈桑帶著心愛的兒子格布連夜從普蘭趕來，原本要將我們這些所謂的惡魔綁上石頭，沉入朗欽藏布江以祭水神，可就在那天晚上，哈桑的兒子格布由於在路上受了涼，發起了高燒，說起了胡話。哈桑以為此舉激怒了天神，才降罪到他兒子的身上，連忙叫人把我們放了。恰好我身上有治療發燒的藥，給格布打了一針，吃了兩片藥，第二天就好了！哈桑認為我是天神派來救他兒子的神的使者，執意要和我結拜異性兄弟。我拗不過他，只得答應！後來我才知道，原來離我們被抓的那個山谷不遠，在神山的腳下，有一處充滿神秘的地方，那裏有一座神殿，神殿裏供著一件神物。千百年來，保護神殿的阿圖格部落勇士和居住在周圍的藏民，不知道抵禦了多少撥窺視神物的強盜。」

苗永建小心地問道：「父親，阿圖格部落的人不是被松贊干布殺光了嗎？」

他在歷史研究的過程中，知道阿圖格部落的來歷，阿圖格部落是古代黨項族的遠支，今屬於衛藏藏族，其族人體格健壯，野蠻而彪悍，最擅於射箭和馬下作戰；當年松贊干布率領軍隊縱橫雪域高原，其最精銳的部隊，就是阿圖格部落的族人。

阿圖格部落有一個勇士叫格日桑，在作戰的過程中立了大功，松贊干布建立吐蕃奴隸制王朝後，學著漢人皇帝的樣子，對那些有功之人論功行賞，封格日桑為達達小贊普。封地就在岡底斯山脈西北端一帶。（贊普：吐蕃時期百姓對君長的稱呼，藏語意為雄健的男子。據《新唐書・吐蕃傳》載：「其俗謂強雄曰贊，丈夫曰普，故號君長曰贊普。」）

完成西藏的統一之後，松贊干布開始致力於政權建設，建立了完備的、以贊普為中心、高度集權的政治和軍事機構。同時，還制定法律、稅制，派出大臣和貴族到印度求學，創造了本民族的文字——藏文。

幾年後，格日桑受人挑撥，不甘心當一個達達小贊普，起兵叛亂，結果被松贊干布打敗，阿圖格部落族人遭到滅絕性的屠殺，從此在歷史的舞台上消失了。

苗君儒微笑道：「之前我也那麼認為，可是哈桑告訴我，神殿是天神居住的地方，由於害怕天神發怒，本地的藏民都不敢冒然進去，只遠遠地朝著那個方向遙拜。阿圖格部落的人世代居住在神殿那邊的山谷中，極少與外人接觸！」

苗永建說道：「剛才那個拿出那張圖的漢子，到底想做什麼呢？」

苗君儒說道：「每個藏民都有保護神物的職責。神物既然被人偷走，他們就有義務把神物拿回去！」

苗永建說道：「你之前沒有見過那個神物嗎？」

苗君儒笑道：「傻小子，我連神殿都不知道在什麼地方，怎麼有可能見過神物。不過我問過哈桑，神物到底是什麼？哈桑回答說連他都沒有見過神物，只有一張神物的圖畫。圖上畫的樣子和剛才你見過的那張圖差不多，但是哈桑的那張圖，顯得很古老，圖形也更加逼真！」

苗永建問道：「父親，那神物是什麼，又與什麼傳說有關呢？」

苗君儒喝了一口茶，說道：「你難道不知道雪山之神與寶石之門的藏族傳說麼？」

苗永建驚道：「啊！原來是那個傳說呀？難道那張圖案，就是絕世之鑰？」

雪山之神與寶石之門的傳說，流傳於西藏西南部地區以及印度北部地方，傳說雪山之神為了懲戒愚蠢貪婪的世人，將世界上所有的奇珍異寶都收集起來，藏在一個很神秘的地方，並用神力把那地方封閉起來。為了獎賞智慧的勇士，雪山之神在那地方留了一扇門，這就是寶石之門的來歷。

雪山之神還給世人留下了一把開門的鑰匙，那就是絕世之鑰，只有拿著絕世之鑰，找到了隱藏的巨人，破解了雪山之神留在門外三個謎題的勇士，才能進入寶石之門，獲得驚人的財富。可惜千百年來，沒有人知道那三個謎題是什麼。當年松贊干布命一個心腹大臣桑布扎，帶著絕世之鑰和五百個勇士，去尋找傳說中的寶石之門。幾個月後，桑布扎帶著兩個受傷的勇士回來了，他帶給了松贊干布一樣東西，就是一顆比雞蛋還大的紅色金剛鑽。那麼大的一顆紅寶石並不稀奇，但紅色金剛鑽就顯得珍貴無比了。

後來松贊干布向大唐求婚，在迎娶文成公主時，將紅色金剛鑽作為聘禮送給了大唐。舊唐書中有一段關於那顆紅色金剛鑽的記載，至於金剛鑽的下落，歷史學家普遍認為被唐太宗帶進了昭陵。歷史上，昭陵多次遭到盜墓者的瘋狂挖掘，都是為了那顆紅色金剛鑽去的。所幸昭陵依山為陵，深達山腹，盜墓者費盡心

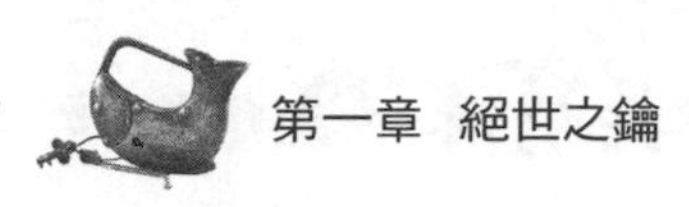

思，都無法挖開。

苗君儒點了點頭，說道：「我是一個考古人，對於一切神秘的古物，當然有興趣去瞭解。當年桑布扎帶著那麼多人去尋找那地方，最後只剩下三個人，帶回了一顆紅色金剛鑽。這就足以說明，傳說中的地方並非不存在，只是路途艱險，難以尋找罷了！要想找到那地方，最好辦法是找到《十善經》玉碑，破解玉碑上的玄機。那絕世之鑰，只不過是開啟寶石之門的鑰匙。」

根據藏族史籍記載，吐蕃王朝贊普松贊干布的御前大臣桑布扎，曾奉命帶領十六名藏族青年，攜許多黃金，途經異國的奇禽猛獸禁區，克服熱帶氣候的不適，堅持前往天竺，拜師訪友，受業於天智獅子和婆羅門利敬，學習古梵文和天竺文字。

桑布扎在天竺學業期滿返藏後，根據梵文創制了藏文，被藏族人民奉為「字聖」。松贊干布為了感謝桑布扎為藏族立下的貢獻，命人刻制了這塊古梵文的《十善經》玉碑，以示千古功德。由於玉碑是用和田上等羊脂玉製作而成，因而價值連城。

高原上流傳著有關這塊玉碑的傳奇故事。當年桑布扎去尋找寶石之門後，帶回了一張畫有如何進入寶石之門路線的羊皮地圖和一把造型奇特的鑰匙。松贊干布擔心日後羊皮地圖落在野心者的手中，會因爭搶財寶而給藏族人民帶來災難。他卻又不願意將羊皮地圖毀掉，以至於後人在困難的時候，無法取用那些天神賜給子民的財寶。在別人的建議下，他命桑布扎將羊皮地圖中的關鍵地方翻譯成古梵文後，分別嵌入《十善經》中。

有人說這塊玉碑上除了藏有進入寶石之門的路線圖外，還有那三個謎題的答案。只要破解了玉碑上的玄機，就能找到寶石之門，用絕世之鑰打開寶石之門，就擁有了驚人的財富。

至於那把絕世之鑰，在松贊干布死後，就一直藏在布達拉宮一個很神秘的地方。西元九世紀，西藏贊普朗達瑪滅佛，絕世之鑰被神秘的人物搶走，從此下落不明。絕世之鑰為什麼會成為神殿中的神物，沒有人知道答案。

如果苗君儒不通曉那一段歷史，他也許不知道放在神殿中的神物，就是傳說中的絕世之鑰。既然絕世之鑰已經現世，那麼，《十善經》玉碑在哪裏呢？

據他所知，玉碑原先存放於桑布扎的府邸中，桑布扎死後，玉碑就失蹤了。直到吐蕃王朝瓦解前，玉碑才現蹤跡。藏南的一個大頭人想用玉碑向天竺借兵十

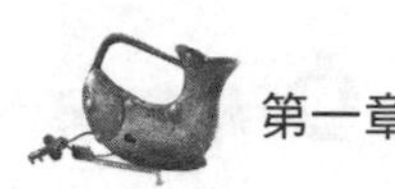

萬，護送玉碑的衛隊在泥婆羅（今尼泊爾境內）的一個山谷中遭到襲擊，全隊人馬無一倖免，玉碑從此下落不明。

苗君儒接著說道：「據說天神在寶石之門內還藏有一樣東西，那就是一本能讓普通人萬年不死的天神之書。」

苗永建驚道：「能讓人萬年不死，那豈不是真成了萬歲？」

苗君儒說道：「我懷疑松贊干布派桑布扎去尋找寶石之門，就是為了那本書！」

苗永建說道：「桑布扎雖然找到了寶石之門，可是他出於某些方面的考慮，並沒有帶出那本書，對不對？」

苗君儒說道：「每一個當皇帝的，都希望自己長生不老，無論秦皇漢武還是唐宗宋祖，可歷史終究是歷史。桑布扎知道他該怎麼做！」

苗永建問道：「父親，你真的要去尋找那個地方嗎？」

苗君儒將身子往後一仰，說道：「其實我也不想去，可是有時候由不得我自己。以哈桑大頭人那樣的身分和地位，都沒有進過神殿，更沒有見到過神物，可想而知那地方的神秘與神聖。若是真的能夠找到那地方，說不定會揭開一段塵封的歷史之謎！」

苗永建說道：「父親，我和你一起去！」

苗君儒搖了搖頭：「若是我自行出外考古，肯定會帶你去，可是這次不同。再說你有哮喘病，去到那種地方，還沒走幾步路，連命都搭上了！」

苗永建一臉擔憂之色，他這哮喘是小時候生病落下的，每逢陰雨或乾燥天氣都會發作，不要說去西藏高原那種極端氣候的地方，就是爬到峨嵋山頂那樣的高度，都吃不消。

苗君儒安慰道：「放心，我沒事的！」

他和兒子又聊了幾句，就起身進書房繼續寫學術研究報告去了。苗永建獨自一人坐在椅子上，想了許久。起身走到窗邊朝外面望去，見那個倒在路燈下面的男人已經不見了，取而代之的是兩個正斜靠在燈柱上吸著煙的男人。煙頭一閃一滅的，那兩個人不時抬頭望向這邊。

苗君儒不知何時出現在房門口，對兒子說道：「我有事出去一下，你不要管他們，做你自己的事情去！」

苗永建低聲說道：「父親，我知道了！」

苗君儒穿了一件外套，開門走了出去！

四月的山城，夜晚的風吹在人的身上，還是有些透骨的涼意。

苗君儒下了樓，剛走了幾步，就被兩個人擋住去路。其中一個人說道：「苗教授，你要去哪裏？」

苗君儒冷冷一笑，說道：「你們的老闆也太多心了，我答應過別人的事情，從來不會反悔！」

「說得好！」一個黑影幽靈一般從黑暗處閃出來，站在離苗君儒不遠的地方說道：「苗教授，我想知道那個藏族漢子找你做什麼？」

那兩個人一見那人出現，立即退到一旁去了！

苗君儒說道：「你想知道的話，為什麼不直接問他去？」

那人慢慢的走過來：「那個藏族漢子的身法太利索，這幾個傢伙都沒本事攔住他。苗教授，本來我想上去請教的，沒想到你下來了！」

苗君儒看清了那人的樣子，微微一驚道：「是你？」

他認得這個人，是活躍在川西甘孜地區的一個山匪頭子，名叫馬長風。幾年前他帶著幾個學生在甘孜考古的時候，遭遇過這股土匪。這股土匪綁架他們的目的，是想請他幫忙看一批從別人手中搶過來的古董，好找買家談價。就在那批古董中，他發現了在歷史上失蹤千年的「萬古神石」，從而引出了一場搶奪鬧劇。

那人微笑道：「不錯，是我，謝謝苗教授還記得我！我沒死，還活著。我現在的名字不叫馬長風，叫飛天鷂。」

苗君儒說道：「名字只不過是一個代號，叫什麼都一樣！當山匪不好麼？自由自在，總比現在受人驅使得好！」

馬長風說道：「我的想法和你說的不同，那種把腦袋提在褲腰上，住山洞土棚，睡乾草破被，整天提心吊膽的日子，我是不想過了！苗教授，我還得感謝你救了小玉，她現在是我老婆，還替我生了一個大胖小子！」

（有關苗君儒與馬長風之間的恩怨，拙作《萬古神石》中有詳細描述。）

苗君儒說道：「每個人的想法都不同，當山匪終究不是長久之計，自古以來，沒有哪個山匪能找到很好的歸宿。可是你這麼做，也算是改邪歸正了嗎？」

他平生最痛恨那些鬼鬼祟祟跟蹤別人的特務，那種人從來不幹什麼好事，像瘋狗一樣見人就咬。

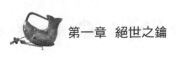

馬長風朝那兩個人揮了揮手，沉聲道：「我想陪苗教授走一走，敘敘舊，你們就不要跟了！」

那兩個人自覺地退到一邊，並遠遠地走開。

兩人走了一段路，馬長風問道：「苗教授，你怎麼不問我這幾年都做什麼去了？」

苗君儒說道：「當初我認識你的時候，你雖是山匪，可骨子裏還有一股男人的血性味，現在你卻……國難當頭，男子漢大丈夫應當保家衛國，而不是……」

他終究是有涵養的人，那些惡毒的話，他罵不出口。

馬長風的腳步停了下來，臉上露出悲戚之色，啞聲道：「幾年前，你苗教授就對我說過這樣的話，所以後來我帶著那幫兄弟投軍，以圖報效國家。淞滬會戰的時候，我這個國軍連長帶著一百多個弟兄死守在上海週邊的一個山頭上，硬是頂了三天三夜，撤下來的時候，剩下不到二十個人。上海頂不住了，我們逃到南京，可是小日本比我們要快得多，要不是我們跑得快，早被小日本給包了餃子。我看著一個個兄弟倒在日本人炮彈下，那種痛，比挖了我的心還難受……」

他眼中淚光閃現，目光迷離起來，彷彿回到了那硝煙瀰漫的戰場，帶著一幫弟兄在炮火中拚死抗擊。

苗君儒低聲道：「保家衛國乃大丈夫所為，輸贏勝敗也絕非一時之事。」

馬長風擦了一下眼角的淚水，說道：「苗教授你有所不知，我們那些雜牌軍，哪裏比得上老蔣的中央軍嫡系部隊，無論裝備還是軍餉，都嚴重不足，加上各級長官層層克扣，大冬天的，我手下的一些弟兄還穿著草鞋和單衣，和武裝到牙齒的日本兵相抗，哪有不輸的道理？還有我那些兄弟的家裏人，連兩塊大洋的撫恤金都領不到，我這個做大哥的，怎麼對得起九泉下的兄弟們？」

對於國民政府的腐敗現象，苗君儒也是很清楚的，他說道：「日本的軍力雖然很強大，但是受諸多因素的影響，無法維持常年戰爭的消耗。戰打到現在，不也江河日下，成強弩之末了嗎？」

馬長風點頭道：「前些年，我帶著手下的兄弟，幹了一陣土匪的營生，專打小日本和偽軍，可那不是長久之計！我想弄到一大筆錢，召集江湖上的兄弟組成隊伍，買好槍好炮跟小日本幹。苦來苦去，都不能苦了手下的兄弟。只要是打小日本，怎麼打都行，幹嘛非要跟著老蔣打？」

苗君儒覺得馬長風說得有道理，只要抗日就行，至於用什麼方式，那就看個人的行動了。南京的汪精衛那幫子人，不也喊著「曲線救國」嗎？很多國軍部隊之所以相應汪偽政府的號召，其原因也是因為國軍的裝備和軍餉都遠遠供應不上，與其在戰場上白白送死，還不如暫時投靠日本人，接受日本人的裝備和糧餉，等待有利的時機，再反過來打日本人。

馬長風接著說道：「兩年前，我帶著那幫兄弟來往漢藏兩邊做生意，有一天，我們遇到了一個暈倒在路邊的僧人，他說他是從神殿中逃出來的，並對我們說了絕世之鑰的事情。早些年我在西藏那邊闖蕩的時候，就聽了有關寶石之門的傳說，我們知道了神殿的確切所在，可也不敢急於動手。我知道那地方極為兇險，又有彪悍的阿圖格部落的人守護，很多年來，不少人都有去無回，便想斷了那個念頭。要不是我急於想弄一大筆錢，也不會……」

苗君儒與馬長風並肩慢步往前走，走了一段路，他低聲問道：「可是你最後還是找到了神殿，拿走了絕世之鑰？」

馬長風說道：「是的，有了那個僧人的幫助，我們成功找到了神殿，並從一尊巨大的金佛下面把絕世之鑰偷了出來！為了那把絕世之鑰，我失去了最後幾個跟隨我多年的兄弟。」

苗君儒問道：「這是兩年前發生的事情，為什麼你現在才把絕世之鑰拿出來，而且要交給康先生？」

馬長風哈哈一笑，說道：「苗教授，我不得已，才想到要和人合作。這兩年來，有幾撥神秘的人追殺得我太緊。我整日東躲西藏，不得已再次去投軍，就在一個多月前，我所在的部隊被日本人打散了。我把那把鑰匙送給了康先生，憑他的實力，西藏那邊的某些人和阿圖格部落的人一定對他無可奈何！我接下來要做的，就是協助他找到傳說中的地方，打開寶石之門！」

苗君儒說道：「借別人之手達到自己的目的，聰明！可是你別忘記了，光有鑰匙還不夠，還得找到那塊《十善經》玉碑才行。否則，你不知道寶石之門在什麼地方。」

馬長風說道：「苗教授，你有所不知。我通過西藏那邊的朋友已經打聽到，就在我從神殿偷走絕世之鑰後，那塊玉碑也已經現世，據說放在一間寺院中。」

苗君儒「哦」了一聲，這倒有些奇怪了，神殿中的絕世之鑰一被人偷走，消失了一千多年的玉碑突然現世，這不明擺著讓人去尋找寶石之門嗎？只要能打開寶石之門，就能擁有驚人的財富，還能擁有萬年不死之身，誰不想得到呢？

他聽扎西貢布說西藏那邊現在亂得一塌糊塗，莫不是跟這兩件東西有關？

他換了一個話題：「你到康先生身邊多久了？」

馬長風回答道：「十天！我把東西給了他之後，和他達成了協定，找到寶石之門，裏面的財寶按比例分成，他八我二。」

苗君儒問道：「他相信你？」

馬長風笑道：「信不信隨便他。」

苗君儒問道：「如果真的找到了寶石之門，你認為他會和你分麼？」

馬長風笑道：「你也太小看我了……」

苗君儒聽到一聲弓弦響，箭羽破空之聲隨即而至，他下意識地往旁邊一閃，並循聲望去，只見一道黑影在路邊的林子中一閃，頓時不見了。他身邊的馬長風傳來一聲悶哼，他扭頭一看，只見一支羽箭插在馬長風的右腹部。

他忙扶住馬長風，大聲朝後面叫道：「快來人！」

馬長風面露痛苦之色，拉著苗君儒的手，從身上拿出一塊玉佩，艱難地說道：「他們……想殺我……這是毒……箭……沒有救的……我搶走了他們的……神物……他們是不會放……過我的……苗教授……我想拜託你……拿玉佩……到雲頂寺……找法能……大法師……救……救……」

毒箭果然厲害，馬長風的話還沒有說完，就已經咽了氣。

苗君儒見這塊玉佩的正面是一朵玉蘭花，背面是一匹駿馬。玉是新玉，但玉色不錯，是上等白玉。他見過無數玉佩，像這種紋理圖案的玉佩，還是第一次見到。當下他已經看懂了玉佩上面的意思，這塊玉佩無疑是兩人的定情物，那玉蘭花指的是馬長風的妻子小玉，至於那匹駿馬，自然就是馬長風他自己了。

那兩個人聞聲跑過來時，苗君儒已經把玉佩放入口袋，並將馬長風平放在地上。他對那兩個人說道：「回去對你們老闆說，他是被別人殺死的，箭頭上的毒見血封喉！」

那兩個人面面相覷了一陣，轉身跑開了。

等那兩個人走後，苗君儒拔出馬長風身上的毒箭，見箭頭的顏色暗紅，箭身呈黑紫色，是一種硬度很高的樹枝製作成的，箭羽上的毛有些奇特，不確定用的是什麼鳥類的羽毛。他將毒箭折為兩段，小心用布包好放入懷中。

他必須儘快趕到雲頂寺，拿出這塊玉佩，才知道馬長風臨死前究竟希望他去救誰。

第二章

見血封喉的紅魔之箭

這種箭的箭頭上沾有紅色的劇毒，見血封喉，
被射中的人沒有一個人能活，所以叫紅魔之箭。
可是自從一百多年前發生了一樁事件之後，
巴依族人就沒有人使用這種箭了！

歌樂山雲頂寺。

該寺始建於明憲宗成化年間，距今已有五百餘年。就在歌樂山的頂上，離北大重慶校區並不遠。大殿佛鐘敲響，聲傳二十里，為巴渝十二景中最傳神的一景——「歌樂靈音」。

與佛有緣的苗君儒，早在幾年前就認識了該寺的方丈法敬大法師，也經常到寺院中與大法師談禪論經。寺院並不大，全寺僧人也就二十多個，大半是智字輩的中年僧人，也有幾個年輕的小沙彌。

據他所知，法字輩的只有年逾七旬的法敬大法師一個。可馬長風卻叫他去找法能大法師，這法能大法師又是何許人呢？很多寺院都有不為外人所知的秘密，縱使他與方丈有些交情，也不一定知道該寺院的秘密。

他摸黑循著山路來到雲頂寺時，已經是半夜，該寺的僧人早已經睡熟，寺院內一團漆黑，只有此起彼伏的蟲鳴和遠處傳來一兩聲野貓的啼叫。

來寺院那麼多次，對寺院的地形情況是一清二楚的。他不想敲門驚動其他僧人，正要縱身翻牆入內，直接去法敬大法師的禪房。剛走到側面的院牆下，就見寺院的一扇小側門突然開啟，一個小沙彌從裏面走出來。那小沙彌一手提著燈籠，一手提著一個竹籃，竹籃用灰布蓋著，不知道裏面裝的是什麼東西。

苗君儒覺得很奇怪，以前他來寺院，都見這扇小側門緊閉著，那門已經爛得不成樣子，用幾根木棍支撐著。他也試探性的問過法敬大法師，法敬大法師說那小側門是建寺就有的，一直以來沒有什麼用，本來想找人用磚石把門給封了，可寺院暫時沒什麼錢，要等到籌集一筆善款，寺院大修的時候，一起做。

寺院僧人一般都是早睡早起，這三更半夜的起來，定有著見不得人的事。

苗君儒趕緊閃在一根大樹的背後，只見那小沙彌警覺地朝四周看了看，然後下了台階，沿著院牆旁邊的山路朝山後走去。

苗君儒輕手輕腳地跟上去，與那小沙彌保持著一段距離。沿著院牆根走到盡頭後，那小沙彌順著山路繼續往前走。

苗君儒以前也到過寺院的後山，這後山並沒有什麼風景，除了幾棵老楓樹外，就是一處峭壁和一個極深的石洞了。曾經有好事之人用繩子墜入洞中，上來之後連叫晦氣，說洞底都是死人的骨頭，想必是當年張獻忠屠殺蜀人時，將死屍丟到裏面，所以才有那麼多死人骨頭。自那以後，有人傳出在寺院的後山遇鬼的故事，從此就更加杳無人跡了。

山上風大，吹得樹葉嘩嘩響，樹林之中，似乎有無數個黑影在晃動，人在前面走，身後彷彿有什麼東西在跟著，讓人覺得後背嗖嗖的發涼。偶爾傳來幾聲夜梟恐怖的啼叫，聽得人頭皮發麻。苗君儒向來膽大，並不懼這樣的地方，那小沙彌走走停停，數次回過頭去看，好在樹林內黑暗，加之樹葉被風吹動的聲音掩蓋了走路時發出的聲音，走在後面的人只要稍加閃避，就不會被前面的人發覺。

好不容易來到一棵粗大的老楓樹下，小沙彌將燈籠掛在樹枝上，走到旁邊的岩壁下，用手拍了幾下岩壁，只見岩壁悄然開啟了一條縫，裏面露出燈光來。

苗君儒也到過這裏幾次，想不到居然有這樣的一處地方。就在這時，從樹林內竄出幾個黑影來。那小沙彌嚇得「唉呀」一聲，倒在地上暈死過去。

在這種地方突然出現幾個人影，苗君儒也著實嚇了一跳，但是他很快看清那幾個人影是實實在在的人，而不是什麼「鬼」。為首的那個人，正是不久前到他家找過他的扎西貢布。

扎西貢布對著岩壁嘰哩咕嚕說了一大通話，只見岩壁上開了一道門，從裏面走出一個人來。借著微弱的燈光，苗君儒看清了那人的樣子，身材高大但顯得有些佝僂，長髮披肩，滿臉鬍鬚，顴骨暴出，雙目深陷，穿著一身破舊的僧衣。這樣的一個人，要是在這地方乍一碰見，不嚇死人才怪。

扎西貢布朝那僧人又說了一通，聽語氣像是在責罵，而那僧人似乎並不服氣，時不時地反駁上幾句。苗君儒雖然略懂藏語，仍聽不清他們在說些什麼，想必他們說的是部落語言。

說到後來，那僧人雙膝跪地，仰頭朝天，痛哭跪拜不已，口中含含糊糊地懺悔著。

扎西貢布從腰間拔出手槍，對準那僧人的頭部，正要扣動扳機。苗君儒從樹後閃出，大聲道：「槍下留人！」

扎西貢布轉過頭，驚異地望著苗君儒，問道：「苗教授，你怎麼也來了這裏？」

苗君儒上前說道：「在你開槍之前，能不能告訴我為什麼要殺他？」

扎西貢布說道：「這是我們的事情，請你不要管！」

苗君儒一聽這話，似乎想到了什麼，他說道：「就在不久前，那個從神殿搶走神物的人，被人用毒箭射死了。」

扎西貢布「哦」了一聲，說道：「你是不是懷疑我們？」

苗君儒從懷中拿出那支毒箭，說道：「我知道你們不會那麼做，但是我覺得這件事和你們有關！」

扎西貢布接過毒箭，驚道：「什麼人還會用這種箭？」

苗君儒問道：「你認得這支箭？」

扎西貢布說道：「這箭是紅魔之箭，是巴依族人最厲害的武器！」

苗君儒當年在普蘭的時候，知道哈桑頭人的小老婆就是巴依族人，而且有幾個貼身衛士也是巴依族人，他見那幾個衛士使用的都是漢陽造步槍，從未見他們使用弓箭。

扎西貢布見苗君儒一臉疑惑之色，便接著說道：「這種箭的箭頭上沾有紅色的劇毒，見血封喉，被射中的人沒有一個人能活，所以叫紅魔之箭。可是自從一百多年前發生那件事之後，巴依族人就沒有人使用這種箭了！」

苗君儒問道：「一百多年前發生了什麼事？」

「告訴你也無妨！」扎西貢布說道：「一百多年前，有一個獨自在草原上流浪的小夥子喜歡上了巴依族頭人的女兒，由於那小夥子身分不明，頭人說什麼都不同意，還堅持把女兒許配給土司的兒子。就在婚前的那天晚上，頭人的女兒跟著小夥子出逃，頭人帶人在後面追趕他們。最後，他們倆逃到了『聖湖』邊上，決定投身『聖湖』，讓天神來主持他們的婚禮。就在這時，前面來了一隊人馬，是土司派來尋找兒子的，就在結婚前的一天，土司的兒子再一次離家出走，不知所蹤了。頭人見那小夥子拉著他女兒向湖裏走去，緊張之餘，便張弓射箭，一箭射中那小夥子的手臂。他其實並不想置那小夥子於死地，只想逼他們上岸。因為他剛剛知道，那個身分不明的小夥子，極有可能就是土司那個喜歡獨自出遊的兒子，可是他忘記了，他射出的那一箭是紅魔之箭。頭人的女兒見小夥子中了紅魔之箭，大哭著拔出那箭，刺向自己的胸口，兩人最終沉沒在『聖湖』之中。就在頭人要派人下湖打撈他們的時候，『聖湖』突然翻起了滔天的巨浪，彷彿要把整個世界都捲入湖底。頭人見天神發怒，忙跪在湖邊發誓，從此以後，巴依族人絕不再使用紅魔之箭！」

這是一個很淒美的愛情故事，任何人聽了都黯然神傷，如果頭人射出的那支箭是普通羽箭，其結果定然不同，有情人終成眷屬。苗君儒想了一會兒，說道：「你剛才說，一百多年前巴依族人已經不再使用這種毒箭了，可是為什麼還有人使用？」

扎西貢布說道：「巴依族人確實不再使用這種毒箭了，我們阿圖格部落的人更不會使用這種毒箭！」

苗君儒愣了一下，說道：「你的意思是，別人得到了這種毒箭的製作方法？」

扎西貢布點了點頭。

苗君儒說道：「照你這麼說，那些人射死飛天鷂的目的是什麼？」

扎西貢布說道：「我也不太清楚，也許那些人想掩蓋什麼！據我所知，就在兩天前，重慶有好幾個古董界的高人，都在同一天晚上相繼暴斃。我猜他們定是被人請去看過絕世之鑰，擁有絕世之鑰的人不想消息外泄，才派人殺了他們。飛天鷂既然被殺，那麼，所有接觸過絕世之鑰的人，都有可能是他們的目標！」

苗君儒接過那支毒箭，說道：「所以我想知道，究竟是什麼人要殺我！我聽飛天鷂說過，當年他們去尋找神殿，是得到一個僧人的幫助，最終才找到神殿所在的！也許我們順著那條線索，能夠發現點什麼！」

扎西貢布指著跪在地上的僧人說道：「當年就是他帶著那些外人進去的，我找他已經找了兩年，想不到他居然躲在了這裏！」

苗君儒問道：「你是怎麼查到他躲在這裏的？」

扎西貢布也不答話，從懷中拿出一個號角，對著夜空「嗚嗚」地吹了起來。號角是自古以來聯絡別人的最有效工具，由於每個民族的號角製作工藝不同，所以發出的聲音也不同。這種來自高原的小號角，是用犛牛的尖角製作成的，聲音尖脆悠長，顯得分外的淒厲無比。

那跪著的僧人從地上起身，用流利的漢語對苗君儒說道：「你說飛天鷂被人用毒箭射死了，到底是不是真的？」

苗君儒從身上拿出一塊玉佩，說道：「他臨死前要我拿著這塊玉佩，到寺裏找一個叫法能的人！我想，既然你跟他熟，也許你就是他要我來找的人！」

扎西貢布並不理會苗君儒和那僧人之間的對話，仍在繼續吹那號角，像是在呼喚什麼人。

那僧人說道：「你猜得沒錯，我就是法能！他要你來找我的原因，就是要讓我活下去，我和他有協議，我帶他去神殿偷走絕世之鑰，他必須保證我的安全！」

苗君儒微微點了點頭，思索著等下怎麼向扎西貢布開口。

山道上飛掠過來幾個黑影，近了一些，苗君儒看清是幾個穿著絳紅色僧衣，頭戴黃色雞冠帽的喇嘛，為首一個喇嘛手持一根鐵杖，顯得高大威猛，眉宇間流露出一股剛毅之氣，不怒自威。一路走來，鐵杖嘩啦作響，十步之外奪人心魄。

扎西貢布走上前去，朝為首那喇嘛低頭彎腰，行了一個大禮，接著嘰哩咕嚕地說了一通話。這次他說的是藏語，由於距離較遠，苗君儒聽得不是很真切，大約的意思是找到這個叛徒什麼的。

為首那喇嘛點了點頭，往前走了過來。苗君儒身邊的那個僧人嚇得面色慘白，拉著他的衣襟連聲說道：「救救我，救救我！」

扎西貢布厲聲用漢語說道：「蒙力巴，剛才要不是苗教授出現，我已經殺了你！現在神殿護法親自前來執法，也算對得起你了！」

他用漢語說這句話，也是說給苗君儒聽的，意思是勸苗君儒不要再插手。

苗君儒終於知道這個求他保命的僧人叫蒙力巴，而那個手持鐵杖的威猛喇嘛是神殿的護法，另外幾個是護法的隨從。

神殿護法兩眼逼視著蒙力巴，一步一步朝他走了過去，每走一步，鐵杖在地上就留下一個深深的圓孔。

蒙力巴一副豁出去的樣子，大聲用漢語對苗君儒說道：「就算你不願幫飛天鷂，可是你也應該要弄明白，他究竟是死在什麼人的手裏！」

苗君儒朝神殿護法施了一禮，說道：「我不阻攔你執法，但是我想弄清楚兩件事。我希望在弄清楚這兩件事之前，他還活著！」

神殿護法似乎聽不懂苗君儒說的漢話，扎西貢布連忙充當他們的翻譯。

聽了扎西貢布翻譯的話之後，神殿護法冷冷地望著苗君儒，有些傲慢地說了一句，扎西貢布忙說道：「護法的意思是，他憑什麼要聽你的話？」

苗君儒微微一笑，說道：「就憑我的身分！」

扎西貢布微微一愣，對苗君儒說道：「你真想插手？」

苗君儒說道：「我想弄清楚三件事，第一，飛天鷂臨死前要我帶著這塊玉佩來找蒙力巴，不僅僅是為了救他這麼簡單，剛才你們也聽到了，蒙力巴知道是什麼人用紅魔之箭；第二，就是扎西貢布沒有回答我的，你們是怎麼查到蒙力巴躲在這裏的？」

扎西貢布冷笑道：「苗教授，你雖然是漢人大活佛，可這是我們神殿內部的事情。」

在西藏，佛教也分很多教派，他這個黃教的漢人大活佛，別的教派也許不放在眼裏。再說，插手別人內部的事情，是很忌諱的。可是苗君儒答應了馬長風，再者，他也想知道，馬長風為什麼要讓他來救蒙力巴。

神殿護法表情嚴肅地與扎西貢布說了幾句話。扎西貢布轉身對苗君儒說道：「那好，我回答你！自從神物被搶後，我們一直追查到重慶，當我得知有幾個古董界的老頭死了之後，就開始派人在各大古董店周邊查探，恰好發現了飛天鴿的行蹤，於是我們追蹤他到了寺院。發現每過兩天，就有一個小沙彌在半夜送吃的來這裏。就像拜訪你一樣，其實我們也不敢肯定躲在裏面的人就是他，沒想到我說了一通我們部落的話，他就從裏面出來了。」

苗君儒問道：「你有沒有想過，他為什麼躲在這裏不敢出去，難道僅僅是怕你們來找他？還有，飛天鴿和這家寺院是什麼關係？以某些漢人的手段，只要東西到了手，一般是不會讓知情者活著的。那幾個暴死的老人就是很好的證明！」

他這麼一問，扎西貢布頓時皺著眉頭說道：「你的意思是，飛天鴿知道我們在跟蹤他，卻故意洩露行蹤，好讓我們找到蒙力巴。可是他臨死前為什麼要你拿著玉佩來救蒙力巴呢？」

苗君儒說道：「這就是我想知道的，他和蒙力巴之間，一定還有什麼交易！」

扎西貢布轉向蒙力巴說道：「你要想活命的話，就乖乖說出來！」

正說著，山道來了幾支火把。人還未到，一個蒼老有力的聲音倒傳過來了：「你們是什麼人？」

苗君儒聽出是寺院方丈法敬大法師的聲音，方才扎西貢布吹響的號角聲，早已經驚動了寺院裏的人。

在幾個寺院僧人的攙扶下，法敬大法師來到大家的面前，他雙手合什，朝神殿護法施了一禮，說道：「法能自知所犯之罪孽，已自行面壁思過數年，你們難道還不肯放過他麼？」

扎西貢布上前問道：「蒙力巴乃是神殿格洛喇嘛，什麼時候成了你們漢人寺院的和尚？」（作者注：格洛喇嘛是已入佛門數年的喇嘛，在密宗寺院中的地位比較低下。）

苗君儒大聲說道：「你們都不要爭了，不管他是法能還是蒙力巴，我想讓他自己說清楚比較好！」

所有的目光都集中到蒙力巴的身上，蒙力巴面對眾人，哈哈大笑道：「我終於明白了，他……」

苗君儒大驚，想不到蒙力巴居然說出這樣的話出來，他正要問為什麼，突然聽得一聲槍響，蒙力巴的額頭中彈，一股鮮血從腦後出彈孔噴出，身子往前一撲，抽搐了幾下再也不動了。

那槍聲在山林內久久迴響，扎西貢布拔出手槍，帶人衝入子彈射來處的山林中。苗君儒望著地上的屍體，似乎明白了為什麼有人要射殺馬長風的原因。正如殺死蒙力巴一樣，有人想掩蓋些什麼。

可是那個人想要掩蓋的，究竟是什麼呢？

蒙力巴最後說的那句話中的「他」，指的是誰？

蒙力巴死了！

扎西貢布帶人在樹林中搜尋了一番，並沒有發現什麼。那個打黑槍的人也是高手，不但一槍斃命，還可以借著黑暗的掩護，從容地離去。

神殿護法也帶著幾個喇嘛走了。儘管苗君儒認為他們大老遠跑來重慶，絕對不是為了尋找蒙力巴，可他也不敢多問。

在寺院的禪房內，苗君儒和法敬大法師面對面坐著，那塊馬長風給他的玉佩就放在法敬大法師旁邊的櫃子上。

過了半晌，苗君儒才說道：「以前我只知道，寺院中法字輩的僧人，就你一個！想不到還有一個法能大法師。他的年紀不大，入寺不過幾年，怎麼就能與你同輩呢？」

法敬大法師面露羞愧之色，念了一聲佛號，說道：「想不到我修行幾十年，還是六根未淨呀！苗居士，你也看到了，本寺香火不旺，院牆和禪房多有倒塌，老僧早想修繕寺院，可沒錢呀！兩年前，一個男人帶著一個西藏僧人來到本寺，那男人對老僧說，西藏僧人因在寺院犯錯，不得已才逃出來，他求老僧收留那僧人，給僧人一個安靜的地方面壁思過，他還告訴老僧，絕不能讓任何人知道僧人躲在這裏。老僧看在他為本寺捐助一千大洋香火錢的份上，同意收下那僧人，將那僧人賜名法能，安置在後山一個秘洞中面壁思過。此後，每年他都會派人送來一千大洋的香火錢。老僧也不敢虧待那僧人，每隔兩天就派人給那僧人送吃的，為了怕人看到，都選擇在半夜送東西過去。這兩年來，一直相安無事，那僧人也安心在秘洞中思過，從不出洞。幾天前，那男人突然來找老僧，說要見一見那僧人。老僧親自帶他去秘洞那邊，讓他們兩人見了面，誰知道他們說了沒幾句話，就吵了起來！可惜我聽不懂他們說的話，沒有辦法勸他們。吵了沒多久，那男人就氣呼呼地走了，臨走前，拿出一塊玉佩對我說，如果有一天別人拿著這塊玉佩來寺院找法能，就叫我帶來人到這裏來！」

苗君儒點了點頭，心道：原來是這樣；兩年前，馬長風將蒙力巴安置在這裏，接著就去投了軍，兩年後，他來找蒙力巴，也許是要蒙力巴和他一起去尋找寶石之門，蒙力巴拒絕了他的要求，兩人才發生爭吵！

苗君儒的心中升起疑團，那麼，馬長風臨死前要他拿著玉佩來找蒙力巴，究竟是什麼意思呢？他想了一下，問道：「大師，有沒有女人來寺院找法能？」

法敬大法師拍了一下腦袋，說道：「你這麼說，我想起來了，半年前，曾經有一個三十歲左右的女人來找過法能，他們在密室裏談了約一個多小時，那個女人離去後，就再也沒有來過！」

半年前，馬長風還在軍隊裏，那個來找蒙力巴的女人，應該就是馬長風的老婆小玉。

苗君儒想到：小玉和蒙力巴究竟談了些什麼，這個女人在這件事中，扮演的又是什麼角色？馬長風把蒙力巴藏在雲頂寺，到後來又故意讓扎西貢布查到，當其被射殺時，卻又拜託他前去救人。莫非馬長風那麼做，還有另外一層意思？

苗君儒覺得繼續留在這裏已經沒有了意思，便收好玉佩起身告辭。當他回到學校的時候，天已經亮了。他並不知道，在他家裏，有一個人正等著他！

黃布條一直懸掛在店門外，劉大古董非常渴望那個藏族漢子來找他，就在關店門的時候，一個人從外面進來。店夥計一看不是那天來的藏族漢子，就以關門為藉口，想把來人趕出去。不料那人拿出一封信開口說道：「你把這封信交給你們劉掌櫃，他知道該怎麼做！」

那夥計接過信，還沒來得及說話，就見那人已經出門去了。

當劉大古董打開信看了之後追出門時，哪裏還有那個送信人的影子？

信的內容只有幾個字：拿東西換你兒子！

劉大古董家三代單傳，他娶了三房，五十六歲才有了一個兒子。為了照顧好他的兒子，特地請了兩個保姆。在他的眼裏，店子裏所有的古董加起來，都沒有他兒子寶貴。

一袋煙之前，店裏的夥計還看見那兩個保姆帶著小掌櫃的在店門口玩呢。幾個夥計急忙出門尋找，只見那兩個保姆被人打暈在牆角根下，哪裏還見小掌櫃的身影？

劉大古董肝腸寸斷，整個人癱軟在椅子上，過了好一會兒才緩過勁來。

他肯定別人要的那東西就是他老闆康禮夫手上的那玩意，那麼神秘而貴重的東西，康禮夫會給他隨便拿去換人嗎？

他想過直接去找老闆，可他跟了老闆十幾年，從來不知道老闆的行蹤，如何去找呢？好在他知道老闆一定要去找苗君儒的，他想了想，決定還是去問苗君儒，知道那東西的底細後，找個時間見到老闆，傾家蕩產也要把東西從老闆手裏買回來。

他來到苗君儒家，得知苗君儒剛剛出門。他沒有別的地方可去，只有坐在那裏等。

回到家的苗君儒聽了劉大古董的話之後，沉默了片刻，才低聲說道：「我之所以不告訴你，就是不想你捲進來，想不到他們連你都不放過！」

劉大古董跪在苗君儒的面前，懇求道：「求求你，苗教授，告訴我那是什麼東西。我就是傾家蕩產也要把那東西買過來，救我劉家的獨苗！」

苗君儒急忙扶起劉大古董，他清楚劉大古董有些底子，且不說在重慶的幾所房子和藏在家裏的一些稀世奇珍，單是老家那幾百畝地，就是一筆龐大的財產。他歎了一口氣，說道：「不要說你的那點家產，你就是把全重慶給他，只怕他都不願意換。」

劉大古董「啊」了一聲，眼睛瞪得很大，他知道苗君儒絕不是在騙他，他愣了片刻，有些結巴地問道：「那……那是……什麼？」

苗君儒一字一句地說道：「開啟寶石之門的絕世之鑰！」

劉大古董的臉色頓時變得死灰，啞聲說道：「自從那藏族漢子給我看過那副草圖後，我早就想到是那東西，只是無法確定。更沒有想到，那個傳說居然是真的！」

苗君儒說道：「在這個世界上，所有不可能出現的東西，都有可能存在，只是你沒有看見罷了！」

「這麼說，我的兒子是沒救了？」劉大古董站起來，跌跌撞撞地走了出去。

苗君儒走到門口，看著劉大古董下樓時佝僂的背影，他突然想到，那個搶走劉大古董兒子的人，與殺死蒙力巴的人，也許是一夥的。那些人搶走劉大古董的兒子，是以為絕世之鑰在劉大古董的手裏，而殺死蒙力巴的原因，是怕蒙力巴當眾把不該說的話說了出來。

他猛地記起了一件事，當年他被馬長風——也就是飛天鷂，綁架去看古董的時候，馬長風說過，無論多麼貴重的古董，只要一運到重慶，就可以馬上變成白花花的大洋。也就是說，重慶有一個在古董界手眼通天的人物，在為馬長風銷贓。

或許當初與馬長風合作的人，就是那個人，後來雙方出現了意見分歧，馬長風見勢不妙，才忍痛把絕世之鑰送給了康禮夫。

想到這裏，苗君儒似乎明白了什麼。他覺得這件事的背後，定然有許多不為人知的內幕。很多事情還是不知道為好，知道得越多，自身就越危險。

可是有些事情，他要是弄不明白的話，實在心有不甘！

他料想那個躲在幕後的人遲早要露面，前往西藏的路上，也將兇險重重。只是他並沒有想到，居然那麼快就有人來找他。

第三章

血色之鑽

苗君儒望著男人手上的東西，頓時間眼睛瞪大了。
紅色寶石在光線映射下，折射出奪目的紅光。
從寶石表面的折射光線判斷，他幾乎可以肯定，
這就是那顆松贊干布作為聘禮的紅色鑽石。
這麼珍貴的東西，怎麼會落到一個貧窮的獵鷹客手裏？

自古以來，喜歡玩鳥的人不少，但是喜歡玩鷹的人卻不多。相對其他鳥類來說，鷹的玩趣不多，只有鬥鷹和捕獵兩種。而且鷹相當不好伺候，要有專門的人看護，豢養的費用相對要大得多。

因而，玩鷹的大多是豪門貴族和武林俠客。

有人玩鷹自然就有人獵鷹，把鷹從山林中捕來賣給玩鷹的人。

獵鷹是一種極其危險的職業，在捕捉的過程中，稍有不慎，就有可能被鷹啄瞎眼睛。再者，捕鷹的地方一般在人跡罕至的高山上，山道險峻，豺狼虎豹，毒蟲蛇咬，往往連命都會搭上。

但是獵到一隻好鷹，就能賣一個好價錢，足夠一家人生活一年半載的，所以有很多人不惜自己的性命，到深山老林中去獵鷹。

苗君儒有一次到川西牟尼芒起山考古的時候，經過甘孜的一個山谷，不小心摔傷了腿。恰好被一個從山裏來的彝族獵鷹客看到，將他背回家裏養傷。

那是一個只有兩三戶人家的小山村，獵鷹客的家就在村頭的山坡上。獵鷹客約莫四十多歲的樣子，帶著妻子和兩個孩子，日子過得很艱難，平常吃的都是紅苕和野菜煮的飯，很少看到一點葷腥。

在川西的莽莽大山中，很多山民都是靠紅苕和野菜度日的。但是山裏人自然有招待客人的辦法，那掛在鍋頭熏乾的野味，河裏的魚蝦，都是上等的好菜。

他在這戶人家的竹床上躺了兩天，終於可以下地走了，待到腳傷完全好，那是一周以後的事情。他看到這戶人家用來照明的銅油燈，居然是漢代的古董。

和山民們朝夕相處的日子裏，他能夠深刻感受到他們的淳樸敦厚。

在離開的時候，他對那男人說，如果日子實在過不下去，可以拿著那盞油燈到重慶去換錢。他留下了兩塊大洋，還有一張寫著他名字和地址的紙條。

也就是在那一次，他會合上那些學生之後，卻被馬長風的人綁了去。

他沒有想到有朝一日，這個獵鷹客會來重慶找他，而且是在他剛下課後。

他看著這個鬚髮濃密的男人，差點認不出來了。

這個男人拿出了一頁紙，還有那兩塊大洋，有些怯怯地說道：「苗教授，我找你來了！」

苗君儒看了那兩塊大洋，不知道說什麼才好，過了好一會兒才激動地說道：「大兄弟，走，先回我家去！」

在回住處的路上，那男人忸怩著說道：「苗教授，我沒有帶那盞油燈來，那

東西留著還有用呢！」

苗君儒說道：「沒關係，你想要我怎麼幫你，儘管說！」

回到家剛坐下，那男人拿出一樣東西，說道：「苗教授，我帶來了這樣東西，不知道值不值錢？」

苗君儒望著男人手上的東西，頓時間眼睛瞪大了。那是一顆比雞蛋還大的紅色寶石，在光線的映射下，通體折射出一種奪目的紅光，整個房間都似乎被這種光線充滿了，看得人眼花繚亂。從那寶石表面的折射光線判斷，他幾乎可以肯定，這就是那顆松贊干布作為聘禮的紅色鑽石。這麼珍貴的東西，怎麼會落到一個貧窮的獵鷹客手裏？他驚道：「你這是從哪裏得來的？」

這個男人說道：「是一個人給我的，叫我拿來給你看！」

苗君儒的內心大驚，表面上不動聲色，平靜地說道：「在你家住了那麼久，還不知你叫什麼呢？」

這個男人說道：「叫我達瓦吧！」

苗君儒說道：「達瓦，你是怎麼來到重慶的？是誰給了你這個珠子，他叫你來找我，是想我做什麼？」

他一下子問了這麼多問題，達瓦似乎愣了一下，張了張口，沒有說話。

他泡了一杯茶，要達瓦先喝茶。反正有的是時間，慢慢說也無妨。

達瓦喝了幾口茶，低聲說道：「你認識馬長風，對不對？」

苗君儒覺得達瓦好像變了一個人，跟原來那個木訥而敦厚的達瓦相比，眼前的達瓦具有一種久歷江湖的老練與深藏不露，眼中的那份淳樸被陰險所代替。對方選擇在這時候來找他，又說出那樣的話。他覺得沒有必要再兜圈子了，正色問道：「你的老闆是誰？」

達瓦並沒有回答苗君儒的問題，而是問道：「你什麼時候動身去找寶石之門？」

苗君儒也反問道：「你為什麼想知道，是誰叫你來問的？」

達瓦說道：「苗教授，我可是替人辦事，人家送了這個東西，就是想知道一些事情！」

苗君儒「哦」了一聲，說道：「你可以回答我剛才的問題了！」

達瓦笑了一下，說道：「其實那年你被馬長風他們綁了去，是我給他們通風報的信。也許你不知道，他們那幫山匪除了打家劫舍之外，最厲害的就是從地下挖財寶。當我知道你是考古學教授之後，就給他們送了信。那時候，他們剛剛挖了一座皇妃墓，出來不少東西，正想找人給那東西估個價。」

苗君儒冷笑道：「我住在你家的時候，看到過一些用來盜墓的工具，你對我說是撿來的！你們獵鷹是假，主要是尋找深藏在大山裏的墳墓！你既是獵鷹客，也是一個盜墓賊，對不對？」

達瓦點了點頭：「可以這麼說！」他玩弄著手裏的紅色鑽石，接著說道：「我知道這個東西價值連城，不知道老闆是怎麼弄到手的。他要我來找你的目的，是想和你合作！」

苗君儒問道：「怎麼個合作法？為什麼你老闆不直接來找我？」

達瓦說道：「他不能直接和你見面，所以派我來和你談，其實不要你做別的，只要你沿途留下標記給我們就行了。如果你答應的話，這顆珠子就是你的。」

苗君儒微笑道：「你老闆好大的手筆，這可是無價之寶呢！」

達瓦說道：「比起寶石之門內的東西，這顆珠子並不足一提。我也是藏民，小時候就聽過那個傳說。連我都不相信，傳說居然是真的。」

苗君儒心中想到：達瓦以前應該是馬長風的人，只是擔當著線人的角色，沒有正式入夥，所以馬長風帶著手下的人投軍抗日時，達瓦仍幹著盜墓的營生，並很快接觸上了幫馬長風的大老闆。當馬長風拿到絕世之鑰，並和那個大老闆鬧翻時，那個大老闆自然不會善罷甘休。

那個大老闆的勢力確實敵不過康禮夫，可這麼好的事情，誰願意錯過呢？所以，那個大老闆想出了坐收漁翁之利的辦法，並不惜拿出那顆無價之寶，通過達瓦來找他，來作為交易的籌碼。

估計那個大老闆也是一個消息靈通的人物，不然的話，也不會那麼快知道他與康禮夫之間的事情。

苗君儒想了一下，說道：「好吧，我答應你，不過我還有一個要求，回去跟你們老闆說，找到寶石之門後，我要拿兩成！兩天後出發，到時候我會告訴你怎麼留下記號！」

達瓦把那血色鑽石放在桌子上，朝苗君儒鞠了一躬，然後走了出去。

達瓦離開後，苗君儒把那血色鑽石放到口袋裏，走出門外，見那兩個監視他

的男人還在路邊遊蕩。

那兩個男人跟著他，一路來到禮德齋古董店，才閃進一條胡同中不見了。

劉大古董對苗君儒的突然到來顯得有些意外，忙把他請到裏面的廂房。剛一坐下，苗君儒就問道：「你兒子現在怎麼樣了？」

劉大古董焦急地說：「還沒有找到，我正急呢！怕那些人使壞，不敢報警呀！」

苗君儒說道：「報警也沒什麼用！重慶那些有幾個能真正破案的？」

劉大古董連連歎氣道：「唉，真不知道該怎麼辦呢！」

苗君儒從口袋中拿出那個血色鑽石，托在手上說道：「劉掌櫃，你幫忙看看，重慶有誰會有這東西？」

劉大古董接過血色鑽石，仔細看了一會兒，說道：「我聽說玉華軒的李老闆得到一塊很大的血色鑽石，還請人看過呢，不知道是不是這東西！這東西價值連城的呀，怎麼到了你的手中？」

李老闆的全名叫李德財，在古董界也是一個了不起的人物，僅在重慶就有三家分號，另外在上海北平廣州等大城市，也開設有分號，生意做得相當大。

苗君儒認識這個人，只不過彼此的交道打得比較少。他問道：「李老闆平時是不是還有一些珍稀古董出手？」

劉大古董點頭道：「是有這麼回事，有兩次還請我看過，都是好貨呢！不知道是從哪裏弄來的！」

苗君儒說道：「我想去拜訪一下他！」

劉大古董說道：「找他做什麼？李老闆這人的生意做得很大，但是脾氣也怪，就像我老闆康先生一樣，不容易見到的！」

苗君儒說道：「不容易見也要見。劉掌櫃，告辭了！」

他離開禮德齋的時候，見內堂廊簷下有兩個婦人，一臉愁容地坐在那裏說著話，櫃上的兩個夥計正在招呼客人。劉大古董一直送他出店門口。站在台階上，他接著問道：「劉掌櫃，你打算怎麼樣找回你的兒子？」

劉大古董用袖子擦了一把老淚，哽咽道：「能有什麼辦法，聽天由命吧！」

苗君儒低聲道：「我有辦法！」

劉大古董的眼睛頓時一亮，低聲說道：「請指教！」

苗君儒湊到劉大古董的耳邊，低聲道：「你可以花些錢，雇一些道上的兄弟，等他們離開重慶後，在路上下手把東西搶過來，怎麼樣？」

劉大古董的臉色大變，連聲道：「使不得，使不得！要是讓康先生知道了，還不把我全家滅了口呀！」

苗君儒呵呵地笑了兩聲，說道：「你家三代單傳，要是絕後的話，還不是等於滅了全家呀？」

說完，他朝劉大古董拱了拱手，向別處走去。

玉華軒與禮德齋同在一條街上，相隔並不遠。苗君儒走進去的時候，看到一個六十多歲，身段不高，唇上有兩縷鼠鬚的老頭子，正坐在一張紅木太師椅上吸水煙。這老頭姓王，據說是李德財的遠親，負責櫃上的生意。

王掌櫃一看到苗君儒，忙放下水煙壺起身迎了過來，眯起一對老鼠眼，說道：「苗教授，稀客呀，稀客！來來來，請坐，請坐！」

苗君儒並沒有坐，而是說道：「王掌櫃，我有事想見一下李老闆！」

王掌櫃的眼珠子一轉，說道：「實在對不起，我們李老闆不在重慶，他去上海了，不知道什麼時候回來！苗教授有什麼事情，可以先對我說，等李老闆回來後，我讓人去請你過來！」

苗君儒坐了下來，說道：「我早就聽說李老闆得到了一顆價值連城的血色鑽石，想來看一看。另外，我受人之托，只要李老闆肯出讓，什麼價錢儘管開口！」

王掌櫃也是場面上的人，知道憑苗君儒在考古界的威望，經常被有權有勢的大人物請去看貨，與高層人物有著一定的關係。就在去年，還陪著中統局的一個頭面人物，到店子裏買走了一個小商鼎。他嘿嘿地笑了一下，說道：「苗教授，你別開玩笑了，我都沒有聽說李老闆有一顆價值連城的血色鑽石，你是怎麼知道的？」

苗君儒笑道：「世界上沒有不透風的牆，人家既然托我來找李老闆，自然有人家的道理。既然李老闆不在，那我就告辭了！」

王掌櫃忙拉住苗君儒說道：「苗教授，請到裏面看茶！不瞞你說，李老闆沒有去上海，在重慶呢，只不過不容易見到他呀！」

苗君儒問道：「他在哪裏？」

王掌櫃低聲說道：「李老闆有個愛好，喜歡鬥鷹，這時候恐怕陪著別人鬥鷹呢！具體在哪裏，我也不太清楚，要不等他晚上回來，我再告訴他？」

一個喜歡鬥鷹的人肯定會買鷹，看來達瓦這個獵鷹客，與李德財的關係不同一般。苗君儒初步肯定了自己的想法，向王掌櫃告辭。剛走出店外，就見一輛雪弗萊小轎車駛到店門口停住，從裏面走出了兩個健壯的男人，其中一個男人的右手上綁著皮套，上面站著一隻威風凜凜的山鷹。接著從車裏走出來一個人，正是他所認識的李德財。

苗君儒朝李德財拱手道：「李老闆，雅興不淺呀！」

李德財微笑著回了一禮，說道：「讓苗教授見笑了，我哪有什麼雅興，陪別人瞎玩罷了！苗教授，是不是又看上了我們店裏的什麼好貨？」

苗君儒說道：「李老闆店裏的好貨多著呢，不過我那朋友的眼睛特別刁，指明想要一樣東西！」

王掌櫃從店裏出來，陪著李德財和苗君儒進了內堂，命下人上茶。李德財坐下後，說道：「不知你那位朋友想要什麼東西？只要我有的，儘管開口！」

苗君儒直言道：「一顆比雞蛋大的紅色鑽石。當年松贊干布送給唐太宗，用來作為聘禮的！」

李德財的臉色微微一變，問道：「你聽誰說我有那東西？我店裏倒有幾顆紅寶石，只是沒有你說的那麼大。」

苗君儒說道：「前幾天，有幾個古董界的老人突然暴斃，李老闆難道沒有一點想法嗎？」

李德財點了一支煙，說道：「年紀大了，死是在所難免的，他們死了，我能有什麼想法？苗教授，我覺得你今天說話好像有別的意思，想說什麼，請直接說出來吧。」

苗君儒起身道：「既然李老闆說沒有那東西，我就不打擾了！」

他走出了玉華軒，忍不住回身望時，見王掌櫃站在店門口，正微笑地看著他。那笑容裏，似乎隱藏著一抹得意的神色。

達瓦死了。

員警找到了苗君儒，因為達瓦的屍體上有那張他留下的紙條。

苗君儒跟著幾個員警來到嘉陵江邊，見一具屍體就躺在江邊的草叢中，他一

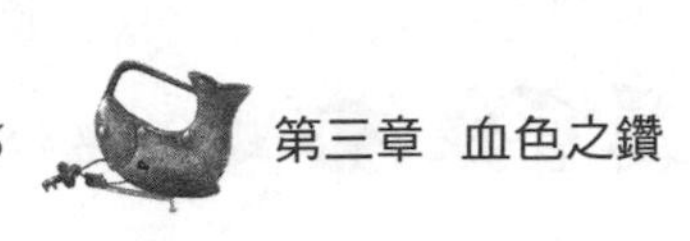

眼認出死者就是找過他的藏族獵鷹客達瓦。

一個隊長模樣的人對苗君儒說，初步判定死者是在別的地方被殺後，丟到這裏來的。致命的傷口在頭部，一槍斃命。死者的右手緊抓著幾根黑色的羽毛，好像是臨死前特意留下的。

望著達瓦頭部的傷口，苗君儒想起了那晚同樣一槍斃命的蒙力巴來。兇手定是一個職業槍手，殺人的目的只有一個，那就是滅口。

那個隊長告訴苗君儒，從槍口處的火藥痕跡看，兇手是近距離開的槍，肯定是死者信任的人。

在達瓦的屍體旁站了一會兒之後，苗君儒告訴那個隊長，死者是獵鷹客，手裏抓著的那幾根羽毛是鷹毛，也許能從重慶玩鷹的人中找到一些線索。

從江邊回來，苗君儒想再去雲頂寺一趟。蒙力巴在那個秘洞裏生活了兩年多，或許會在石壁上留下一點什麼痕跡。可當他來到雲頂寺時，得知法敬大法師在今晨圓寂了。

就像那幾個暴斃的古董界老人一樣，看似了無痕跡，一切都顯得那麼的自然，但卻瞞不過明眼的人。

苗君儒順著那晚走過的路，來到那處秘洞的旁邊，推開那秘洞的門，走了進去。

秘洞內充滿一種刺鼻的臭味，並不很大，高約兩米，長寬約三到四米。他點燃打火機，看到正對面岩壁下有一張木床，木床上堆著一床破棉絮，木床的旁邊有一張用石塊和石板搭成的小桌子。他走過去，提起小桌子上那個用來盛水的罐子，往外倒了倒，從罐口倒出了幾滴水，落在石桌上。

石桌上還有一盞油燈，油燈裏有些殘油。他用打火機點燃了油燈，秘洞內頓時亮堂起來。秘洞的四壁都有人工開鑿的痕跡，想必是過去寺院裏的僧人開鑿出來，給大師們閉關修煉用的。靠門那邊的角落裏有一凹坑，裏面填滿了穢物，臭味正是那些穢物發出來的。

床頭那邊的石壁上，有一塊新的鑿痕。他走過去仔細一看，見牆面已經被人鑿平。但是在床腳邊的洞壁上，他發現了幾個刻在石壁上的藏文，從痕跡上看，也是剛刻上去沒有多久的。藏文的意思是：他才是雪山之神，是真正的獵鷹客。

這句話中的意思很明白，所指的人除了李德財外，不可能是別人。

他在秘洞內又查找了一番，卻沒有找到第二處字跡。蒙力巴在這個秘洞裏住了兩年多，難道是在近日聽到高原號角之後，才想起要留些什麼嗎？

如果那幾個字是蒙力巴留下的，那麼，他留下這幾個字的目的，又是什麼呢？在那處被鑿平的石壁上，他又留下了什麼？是什麼人進來鑿平的呢？

苗君儒的眼睛定在石壁上那「真正的獵鷹客」幾個藏文上，似乎發現了什麼。

第三天下午，康禮夫派人來通知苗君儒，一切都安排好，只等明天出發。一連三天在朝天門碼頭上做慈善，花了他近二十萬大洋。他並不心疼，因為這近二十萬大洋，不但給他博得了一個好名聲，也給他叔叔在政治上加了一個很大的籌碼，更加深得蔣總裁的器重。

苗君儒以為康禮夫會在次日早上出發，哪知道半夜時分，幾個黑衣男人敲開了他的門，說康禮夫要連夜出發。他也沒說什麼，收拾好出外考古用的一些工具，裝在一個大帆布包裏，跟著那幾個人出了門。出門前，他低聲對兒子苗永建說了幾句話。

那個拿血色鑽石要和他合作的人，一旦得知他已經出發後，絕對會來找他的兒子，他對兒子說的那幾句話，就是留給那個人的。

一行人驅車來到江邊，上了一艘快艇。康禮夫果真有勢力，能夠動用海軍的艦船。快艇上那些大包小包的，也不知道是什麼東西。

幾個人一上船，快艇立即啟動，快速往上游駛去。

進了駕駛艙，見康禮夫正瞇著眼睛，躺在一張簡易的行軍床上，旁邊站著幾個勁裝大漢，還有一個穿西裝的男子。苗君儒沒有見過那男子，忍不住多望了兩眼，只見這男子的眉宇間流露出一股英氣，自有一種逼人的氣勢。外面的船沿上，則還站著十幾個人。

一見苗君儒走進來了，康禮夫忙欠起身，示意他在旁邊坐下，隨口說道：「苗教授，實在對不起，要你半夜就動身。你也知道，這幾天重慶很不平靜，死了不少人。你呢，也不閑著，跑進跑出的不嫌累！」

苗君儒知道他的每一個舉動都被康禮夫的人跟蹤著，看來這兩天發生的那些事，康禮夫都一清二楚。

他問道：「康先生，西藏那麼大，我們要去哪裏尋找寶石之門呢？」

康禮夫有些高深莫測地說道：「絕世之鑰既然是從神殿裏出來的，我想寶石

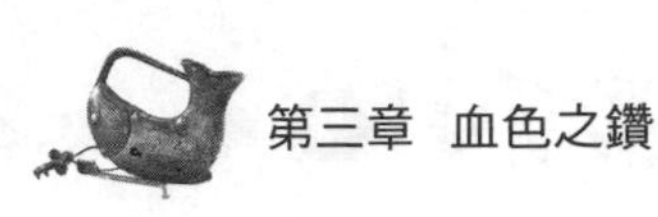

之門應該就在距離神殿不遠的地方。你苗教授不是差點闖到那個山谷中，才被那裏的人抓起來的麼？」

苗君儒微微一笑，也沒說話。關於他在西藏那邊的奇遇，他極少對人說起，也不知道康禮夫是怎麼知道的。

康禮夫指著身邊的男子，說道：「我來介紹一下，他叫林正雄，原國軍第六十軍一八四師特務連的連長，參加過台兒莊大捷，前陣子出了點事，本來是要吃槍子的，是我向曾師長求了情保住了性命，現在跟了我！」

苗君儒和林正雄握了一下手，自我介紹道：「你好，我叫苗君儒，北大考古學教授！」

林正雄微微一笑：「我早就聽康先生說到你，幸會，幸會！」

康禮夫微笑著說道：「你們倆現在是我的左膀右臂，有了你們，我不怕找不到寶石之門。天外橫財誰都想得到，有人還想坐收漁翁之利，他們把我康禮夫當成什麼人了？我要是再等兩天，說不定會發生什麼事呢！站在明處的人好對付，頭疼的是那些躲在暗處的人。不過沒關係，我喜歡刺激。就好像我與玉華軒的李老闆鬥鷹一樣，不鬥到最後，誰都不知道輸贏。」

苗君儒微微一驚，問道：「你也喜歡玩鷹？」

康禮夫笑道：「當然，鷹是鳥中之王。我喜歡鷹的那種霸氣，靜若磐石，動若閃電，俯視天下，目空一切。」

苗君儒問道：「你前天和李老闆鬥鷹了？」

康禮夫得意地笑了笑：「他輸了十萬大洋給我！你們不是見過面嗎？」

苗君儒說道：「有人送我一件價值連城的禮物，我懷疑送禮物的人是他，可是他不承認！」

康禮夫笑道：「不會白白有人送你一件那麼貴重的東西，一定有事求你！」

苗君儒說道：「是的，那個人要我沿途留下標記，我答應了！」

他以為康禮夫會很生氣，不料康禮夫一副無所謂的樣子，說道：「我只要你幫我找到寶石之門，沿途留不留標記，那是你的事，與我無關！」

苗君儒說道：「假如我們真的找到寶石之門，你不怕別人在你的背後開槍？」

康禮夫哈哈笑道：「當然怕，你認為我會給那個人在背後開槍的機會嗎？那你也把我康禮夫想得太簡單了！」

兩人又聊了一陣，夜已經深了。苗君儒斜靠在一邊，聽著快艇那轟隆隆的機器聲和外面那嘩嘩的水流聲，迷迷糊糊地睡去。

當他醒來時，天已經大亮。他走出駕駛艙，站在船沿上，見快艇飛速向上流疾駛，兩岸的高山向後面退去。林正雄站在船尾，一副很悠閒的樣子，但是眼神中卻充滿了警覺。

有幾處是水流湍急的江灘，若是木船的話，非得請人拉縴，折騰個半天不可，可快艇轟鳴著就衝上去了。

康禮夫從艙內走出來，站到苗君儒的身邊，說道：「中午之前應該就可以到雅安，我們從那裏上岸！」

從重慶坐船到雅安，通常需要三到四天，想不到乘坐快艇，這麼短的時間就要到了。

康禮夫把手放在背後，仰頭看著那些高入雲端的山巒，說道：「兩岸青山相對出，輕舟已過萬重山。我覺得這兩句詩寫得相當不錯，正迎合此情此景！苗教授，你打算給那個人留一個什麼樣的標記呢？是沿途的屍體，還是每隔一段路丟下一塊黃金？」

江面上的風很大，苗君儒聽得不是很清楚，他張了張口，並沒有發出聲音，卻見康禮夫點了一下頭，往艙內進去了。

苗君儒仍站在船邊看著岸上的風景，突然聽到一陣由遠而近的「嗡嗡」聲。在重慶生活了好幾年，經常能聽到防空警報聲和這種飛機特有的聲音，他抬頭望去，果見天空中出現兩架飛機。

從一九三七年以來，日軍的飛機就在長江上肆虐，專找軍艦下手，也炸貨輪和漁船。江面上經常見到炸碎的船板和浮屍，順江飄下。

國民政府實在忍無可忍，便打了一場武漢大空戰，可惜由於中日雙方空軍的勢力相差太懸殊，中國空軍輸得很慘烈。自那以後，空中只見日本飛機，極少見到中國飛機了。抗戰最艱難的時候，大後方的軍事給養，全靠美國人陳納德組織的飛虎隊，通過喜馬拉雅山的駝峰航線，苦苦維持著。

那兩架飛機發現了江面上飛駛的快艇，嗚咽著直撲下來。苗君儒看清了飛機上的紅太陽標記，果然是日軍的飛機，是兩架戰鬥機。

林正雄衝進艙內，提了一挺輕機槍出來，站在駕駛艙門前朝那兩架飛機射擊。其他人見狀，忙拔出身上的盒子槍，胡亂朝空中開火。

康禮夫在兩個勁裝大漢的保護下，躲入了快艇的底艙。有艙面上的鋼板擋著，總比站在船上挨射的好。

「噠噠……」飛機開火了，子彈射入水中，激起幾尺高的水花。快艇上的人驚慌起來，有兩個性急的人，已經搶過救生圈套在身上，跳下水去了。

艦船上一般都有防空機關槍，大型艦船上還有專門防空的機關炮。記得昨天半夜上船的時候，只見幾個駕駛員模樣的人，並未見到穿軍裝的士兵。這艘快艇上的防空機關槍，興許是被臨時撤掉了。

那兩架飛機似乎並未全力進攻，只試探性地開了火，在快艇的上方盤旋了一陣，就飛走了。

這倒顯得有些奇怪，日軍的飛機一見到中國艦船，向來都是不顧一切地攻擊的，今天怎麼輕易放過了？

這只是一艘快艇，比不得那些大型軍艦，不需要轟炸機來對付的，單靠兩架飛機上的機關炮，就可將快艇擊沉。

快艇仍繼續向上疾駛著，那兩個跳到江裏的人，已經不知道被沖到什麼地方去了。有救生圈套在身上，可保不被淹死。

康禮夫從底艙出來，看了一眼船舷上的人，一聲不吭地進駕駛艙去了。

快艇的速度明顯快了許多，沒一會兒，空中再次傳來飛機的「嗡嗡」聲，林正雄的臉色一變，命人在艇兩邊各架起一挺機關槍，又從艙內拖出幾床棉被，澆上柴油。

還是那兩架日軍飛機，不知怎麼轉了一個圈後又回來了。林正雄忙叫人點燃那幾床棉被，濃煙滾滾而起，可以阻礙日軍飛機的視線。

做完這一切，兩架飛機已對著快艇直衝下來了。子彈如雨般的射在快艇上，有幾個黑衣男人被擊中，來不及發出慘叫，便翻入江中，屍體瞬間被江水吞沒。

快艇兩邊的機關槍叫了起來，但絲毫不能減緩飛機的攻勢。林正雄跳到駕駛艙的頂上，一邊叫罵著，一邊端著機槍朝空中猛射。不虧是參加過台兒莊大捷的，看他那氣勢，與一個正在抗日戰場上浴血奮戰的軍人沒什麼兩樣。

康禮夫在兩個勁裝大漢的保護下重新躲入了底艙，苗君儒望著那合上的底艙蓋，投過去冷冷一笑。這些豪門權貴們，整日只知紙醉金迷，勾心鬥角，對待國民百姓心如蛇蠍。在戰場上，卻如同喪家之犬，只剩下夾著尾巴逃命的份。

江面上瀰漫的煙霧，多少起到了一點作用。那兩架飛機輪番進攻，但卻失去

了準頭。儘管如此，快艇的艇身仍然多處被擊中，機艙內部冒起了濃煙，速度也慢了下來。

康禮夫有些狼狽地鑽出來，很快躲進了駕駛艙。

艇右的那挺機槍停止了射擊，苗君儒看到那兩個黑衣男子已經倒在艇邊，鮮血從身下滲出來，流入江中。他撲了過去，抓起那挺輕機槍扣動了扳機，不料槍膛內傳來「咔嗒」一聲，原來槍裏面已經沒有了子彈。就在這時，一架飛機已經斜著撲下來，眼看著那飛機越來越近，他似乎看到飛機上那日本人獰笑的眼神。

他暗叫一聲：完了！提著槍站在船舷，閉上眼睛等待機關槍子彈射入身體的痛苦。

「噠噠噠……」輕機槍的槍聲中，他感覺一陣風刮過頭頂。睜開眼睛一看，見那架飛機滑過他的頭頂，一頭栽入江中。

「哇！打中了！」快艇上的人朝林正雄揮臂高呼起來。

林正雄高叫道：「大家注意，鬼子的飛機又下來！」

另一架飛機呼嘯著衝了下來，子彈射中快艇，激起一串串的火星，轉眼間，又有幾個人倒在血泊中。

快艇突然停了下來，被江水捲著在江面上滴溜溜的轉。機艙內的濃煙越來越大，明顯看到火光冒出來。

一個男人打開機艙蓋跑了出來，叫道：「快跳水，這艘船要爆炸了！」

聽他這麼叫，快艇上的人慌張起來，有幾個人來不及去拿救生圈，就已經跳入了江中。

林正雄從駕駛艙頂上跳下來，吼道：「慌什麼？各人拿好自己的東西，套上救生圈……」

康禮夫從駕駛艙內走出來，朝天上的飛機看了看，大聲喊道：「林隊長，再把它打下來，日本人也太……」

他的話還沒說完，就已經被兩個勁裝大漢強行套上救生圈，一齊跳入江中。

苗君儒丟掉機關槍，衝進艙內拿過大帆布包，順手拿了一個救生圈套在身上，走出來時，見林正雄朝飛機射完一梭子彈，丟掉機槍後縱身躍入水中。

快艇上所有活著的人都已經落水了，苗君儒看了看那仍在空中盤旋的飛機，扶緊游泳圈，跳入水中。沒一會兒，江面上傳來一聲巨響，那快艇在火光中斷成兩截，很快沉入江中。

在他們的頭頂，那日軍飛機並未再掃射，而是盤旋幾周後離開了。幾個人在水中撲騰了一陣子，好歹游到了岸邊。苗君儒仰面躺在岸邊的沙灘上，望著飛機消失的方向，心中升起疑團。日軍的飛機怎麼不向落水的人繼續掃射，而是觀察一陣之後離開了，莫非故意留他們幾個人性命？

遭此一劫，康禮夫的身邊只剩下四五個人了，林正雄要那幾個人在江邊生火烤衣服，自己卻陪著康禮夫朝苗君儒走了過去，大聲道：「苗教授，在江中游泳的感覺怎麼樣？」

苗君儒起身笑道：「還好，就是水有點冷！」

康禮夫來到苗君儒的面前，說道：「苗教授，我覺得這兩架日本人的飛機，好像就是衝著我們來的。」

苗君儒呵呵一笑，說道：「你也看出來了？日本人好像還放了我們一馬，故意讓我們幾個人活著。沒想到，連日本人都摻和進來了！」

林正雄問道：「康先生，這前不著村後不著店的，你說怎麼辦？」

康禮夫高深莫測地說道：「大家先把衣服弄乾，我自有辦法！」他朝四周望了望，接著說道：「這麼玩就更刺激了！」

苗君儒說道：「康先生，想不到你這麼有興致！」

「那當然，我就喜歡刺激！」康禮夫望著江面，有些惋惜地說：「只可惜了我那四十箱阿司匹林呀！」

眼下仍是抗戰最艱苦的時期，前線戰士缺醫少藥地與日軍苦戰，有時候，一支阿司匹林可以救活一個人命。在後方，據說黑市上一盒阿司匹林可以換一根金條，很多時候還有錢沒地方買。

四十箱阿司匹林，若用在抗日戰場上，可以起多大的作用呀！

不知道康禮夫帶這四十箱阿司匹林，是送到什麼地方去的。苗君儒沒有問，而是跟著他們來到火堆旁邊，將身上衣服脫下來烘烤！

待衣服烤乾，吃過一點從船上帶下來的東西，已經是午後了。江面上不時有船上下，那都是漁船和貨輪。

康禮夫一副漫不經心的樣子，並不急著要離開。

傍晚時分，又一艘快艇從下游飛速上來。康禮夫這才起身，慢慢走到江邊，當苗君儒跟著大家走過去，看清船頭上那個人的樣子時，頓時驚住了！

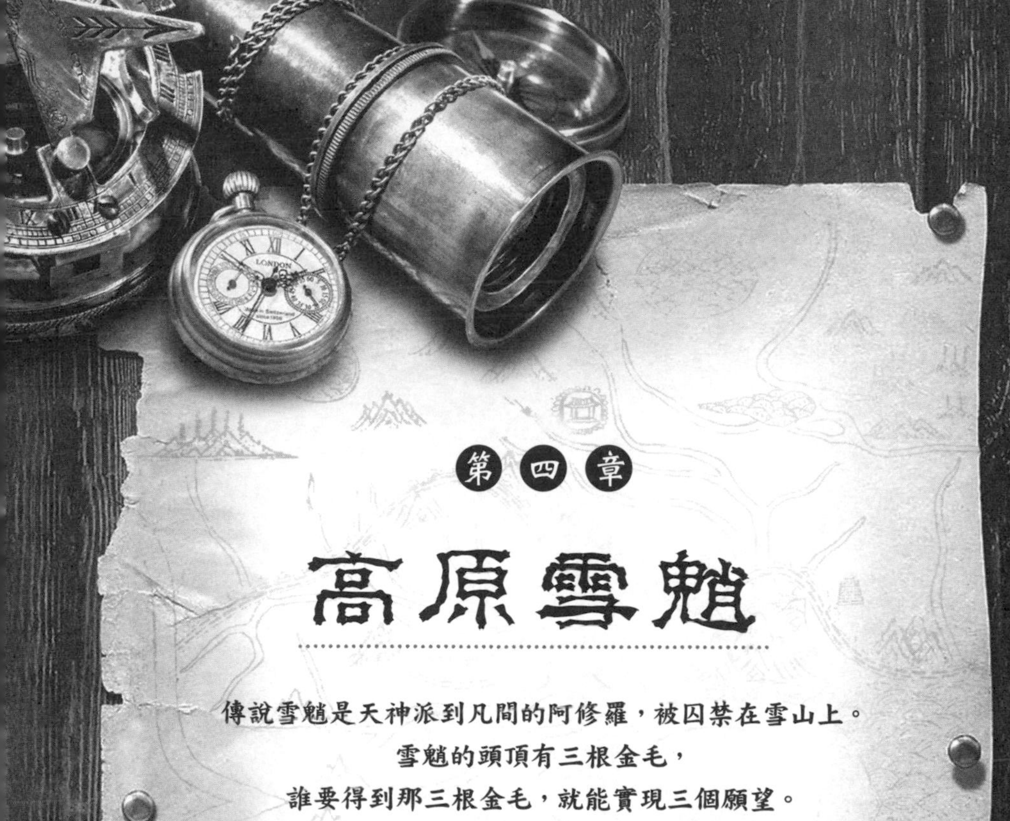

第四章

高原雪魈

傳說雪魈是天神派到凡間的阿修羅，被囚禁在雪山上。
雪魈的頭頂有三根金毛，
誰要得到那三根金毛，就能實現三個願望。
在藏民的眼裏，雪魈是雪山上的惡魔，來無影去無蹤，
無數藏民喪身在雪山上，靈魂和肉體都被惡魔吞噬。
一提到雪魈，藏民們無不面露懼色。

劉大古董站在那艘快艇的艇首，長衫隨風獵獵，長鬚飄飄，那副老花眼鏡的背後，多了幾份愁悶與孤獨的神色。

快艇靠岸後，劉大古董跳上岸，朝康禮夫拱手道：「康先生，我一接到電報，就立即帶人趕來了！」

康禮夫點頭道：「很好，很好！」

苗君儒問道：「劉掌櫃，你兒子現在……」

劉大古董的臉上頓時出現悲戚之色：「就在今天早上，他們……」他的聲音哽咽起來，摘下老花眼鏡，用袖子擦了擦眼淚，接著說道：「我如今就剩下這身老骨頭，跟著康先生去，也好搏個義僕的好名聲！」

老年喪子之痛，苗君儒能理解，他說道：「劉掌櫃，你這麼大年紀，那高原氣候可比不得重慶，萬一……」

林正雄插話道：「苗教授，你這是多慮了，別看劉掌櫃這麼大年紀了，可身體比年輕人還硬朗，他去年還去拉薩為康先生辦事呢！」

幾個人上了船，快艇繼續向前駛，半夜的時候，終於到達了雅安。

雅安位於四川盆地西緣、成都平原向青藏高原的過渡帶，古稱雅州，屬於西康省管轄。在古代，雅安為青衣羌國，是古南方絲綢之路的門戶和必經之路，東鄰成都、西連甘孜、南界涼山、北接阿壩，素有「川西咽喉」、「西藏門戶」、「民族走廊」之稱。

一直以來，雅安都處在漢藏矛盾衝突的最前沿。西元一九一一年，辛亥革命成功，駐防西藏的漢軍發生混亂，紛紛離隊回家，達賴十三唆使西藏地方勢力驅逐漢人和漢官，並組織西藏地方軍隊，佔領了已設治的太昭（工布江達）、嘉黎（拉里糧台）、碩督（碩般多）、科麥（桑昂曲宗）、察雅五縣和未設治的波密區。一九一七年，西藏地方政府又大舉進攻，於一九一八年攻下昌都，後進軍察雅、貢覺、寧靜、武成、同普、德格、白玉、鄧科、石渠等縣。國民政府在軍力不繼的情況，被迫與藏軍簽訂「停戰協議」。

一九三一年初，西藏地方軍又大舉進攻，一時佔領甘孜、瞻化兩縣和爐霍縣一部分，後遭川康軍反擊，敗退回金沙江，簽定和約，以金沙江為兩方駐軍界線，川邊收回德格、白玉、鄧科江東地區和石渠、甘孜、瞻化。但是巴安（巴塘）和鹽井縣由藏軍佔領。一九三九年一月一日成立西康省政府，省會設在康定，劉文輝為省主席。國民政府在與日軍苦苦相持的時期，還不忘在西康省駐軍二十萬，為了就是保證大後方的平穩與安定。

江邊的碼頭上，有幾個人舉著火把等候多時了。

快艇靠岸之後，一個穿著中山裝，政府官員模樣的人迎上來，說道：「我見康先生沒有按時到，就知道出了事，連忙打電報給劉掌櫃……」

這個人的話還沒有說完，康禮夫就說道：「胡專員，謝謝了！」

原來這個人是西康省的專員。以康禮夫的勢力，要區區一個專員為其辦事，那是小兒科，別人高興還來不及呢！

胡專員連連說道：「康先生這是說哪裏話，能為康先生辦事，那是我的榮幸，應該的，應該的！」

幾個人下了船，劉大古董招呼著幾個人從船上往下搬東西。

胡專員跟在康禮夫的身邊：「我都安排好了，先休息一下，明天一早動身！」他指著旁邊那個穿軍裝的男人，對康禮夫說道：「這是董團長，是我們的人，我叫他帶一隊人跟著你。他對川西一帶的地形都熟，這山高林密的，土匪多如牛毛，進入藏族軍隊控制的地區後，萬一有什麼事，也可以抵擋一陣。」

康禮夫拍著胡專員的肩膀說道：「不休息了，我想馬上動身。遇上藏族軍隊倒不可怕，怕的就是那些土匪，來無影去無蹤的。多幾個人有多幾個人的好處。另外我想問一下，你這裏能幫我調到多少箱阿司匹林？」

胡專員愣了一下，說道：「阿司匹林？我手裏並不多，只有幾盒而已。如果康先生能夠等個一兩天，我從其他地方調配過來，一兩箱還是有的。」

康禮夫笑道：「我看就算了，只怕你們西康省，還湊不滿三箱呢！還好劉掌櫃給我帶了十箱過來，我想應該夠了。」他接著對董團長說道：「三四十個人就行，要老兵，武器也要好，多帶點子彈，加幾門迫擊炮！」

胡專員踢了一腳正在發愣的董團長，叫道：「還不快去辦？」

董團長嘿嘿地笑了幾聲，匆匆去了。

一行人被胡專員帶到雅安的軍政招待所，剛坐了一會兒，一杯茶還沒有喝完，董團長進來報告說，全都齊了。

走出招待所，見門口停了幾輛美國造的道奇大卡車，車前站著兩排荷槍實彈的士兵，一個個精神抖擻，威風凜凜的樣子。除士兵外，還有一個穿著藏袍的藏族漢子，叫扎布，是董團長請來的嚮導。

康禮夫很豪邁地看著大家，把手一揮，大聲說道：「這一趟西藏之行，我可就全靠諸位了。只要事情辦成，我虧待不了大家！出發！」

這一路上並未停留，大家坐在大卡車上，在山道上顛簸了四天，到達了川西的重鎮甘孜。再往前，翻過雀兒山，就進入藏族軍隊控制的地區了。山路狹窄不能行車，只能騎馬。

六十多個人，二十匹馬，四十匹騾子。

川西的騾子腳力強健，負載量大，而且最適合在崎嶇的山道上行走。除幾個人騎馬外，其餘的人全都步行。

有軍隊相護，小股山匪根本不敢前來觸這個楣頭。可看在那一馱馱貨物的份上，有幾股山匪暗中聯合起來，想吃掉這塊肥肉。

在一個叫死人口的地方，聚集了數百人的山匪，正等著苗君儒他們。

進入川西北高原，氣溫低了許多，周圍的景色頓時一變。天高地廣，遠處那白雪皚皚的高山下面，是一望無際的大草原。時值四月底，氣溫回升，山腳的積雪已經融化，雪水澆灌著山谷中那大片大片的草原。雪線之下的草原上鮮花盛開，紅黃粉紫，一簇一簇，一片一片，一直開到了天上。藍天白雲雪山綠地野花，看似遙不可及，卻又實實在在地在眼前，在這樣的環境下，人的心胸為之一寬，那種亦幻亦真的感覺，令整個人的心都醉了。

川西北高原地勢由西向東傾斜，分為丘狀高原和高平原。丘谷相間，谷寬丘圓，排列稀疏，廣布沼澤。沼澤地主要在阿壩那邊，甘孜這邊比較少。

有些體質比較弱的人，已經有了高原反應，騎在馬上邊走邊吐。倒是董團長帶來的那三十幾個士兵，一點事都沒有。苗君儒和其他人一樣，穿起了皮袍子，戴上了皮帽，以抵禦高原的寒氣。

第一天晚上，隊伍在一個山谷裏宿營。哪知道次日早上起來的時候，負責警戒的兩個士兵倒在一處草叢裏，脖子上有一個血洞，身體內的血全被吸光了。

董團長說道：「我早就聽說西藏這邊有殭屍，經常半夜出來吸人和牲畜的血！」

苗君儒也聽說過西藏這邊有殭屍晚上出來吸血的事情，在殭屍出沒的地方，藏民所住的房子都很低矮，即便是華麗的樓閣，其底樓的門仍較矮，比標準的門少說也矮三分之一。除非是孩子，一般人必須低頭彎腰才能出入。而且門口地勢內低外高向裏呈慢坡形，這樣更顯得房門矮得出奇，給人一種房及鬧的比例嚴重失調的感覺。這樣的門，就是用來預防殭屍進屋的。

他看了看屍體，並沒有多說話，只叫大家快點離開。

走過了一片野花盛開的大山谷，進入了一片冰雪覆蓋的雪原。那積雪融化了不少，但未化盡，表面結了一層乾硬的冰霜，腳踩上去，「喀喇」一聲響，便出現了一個腳印大小的冰窟窿。兩尺多深的雪地，走起來非常吃力。騾馬似乎不負重荷，和人一樣大口大口地喘起氣來。沒走一會兒，就有兩匹馬嘶鳴著倒地，再也爬不起來了。

隊伍斜著往山上走了一陣，來到一處背風的山崖下，董團長看了看天色，建議就在這裏宿營，等明天一早再往上走。按他的意思，那兩匹死馬總不能浪費，能吃就吃，吃不了的就帶上。

在高原上，肉可是好東西，皮更是不能浪費，有時候可以用來保命的！

幾個士兵圍著那兩匹死馬，動作利索地幹了起來。先剝皮，再開膛掏空內臟，然後將肉分成一塊塊的，抹上鹽，架在火堆上燒烤了起來。

有的士兵還撲倒在雪地中，似乎在尋找著什麼。少頃，一個士兵用刺刀在積雪下面挖出了一樣東西，高興得大叫起來。

苗君儒看清那東西的樣子，約四五寸長，黑褐色，頭部是一頂小蘑菇，尾部則是一條小指頭粗細的大蟲子，便知道是冬蟲夏草。冬蟲夏草是一種傳統的名貴滋補中藥，被稱之為軟黃金，上等的冬蟲夏草，在藥店裏要賣十五塊大洋一兩。這種高山雪地裏的冬蟲夏草，是極品中的極品，價格不菲，難怪那個挖到蟲草的士兵那麼高興。

沒多一會兒，那些趴在雪地上尋找冬蟲夏草的士兵，每一個人的手裏都握著一大把，有的人連衣服的兜裏都塞滿了。

董團長對部下卻不約束，接過兩個士兵遞過來的冬蟲夏草後，還鼓勵他們多挖點。

康禮夫坐在火堆旁烤著火，劉大古董坐在旁邊陪著他說話，林正雄則在周圍走來走去，不時仰頭看著遠處的雪山。

苗君儒學著董團長的樣子，將冬蟲夏草在火裏稍微烤一下，放到嘴裏嚼。那味道乾乾的，澀澀的，有點苦，但是回味起來，卻有些甘甜。

董團長呵呵地笑著：「苗教授，這東西很補呀，比人參還好呢！尤其是對男人，比什麼都管用！」

他向苗君儒說了一件真實的事：

他那時還當連長，認識一個彝族的老頭人，都快七十歲了，娶了十二個老婆，最小的老婆才十六歲。那老頭人一共生了廿七個孩子。

前不久他去過那裏，見老頭人又有三個老婆懷孕了。若是一個普通的男人，被那麼多女人時刻折騰著，身體極度虛空，哪裏還有命在？可是那老頭人那麼大年紀了，還一副精神抖擻的樣子，據說每天晚上還能和老婆來那事情。

他問過老頭人，有什麼征服女人的訣竅。剛開始那老頭人也不願意說，後來經不住他三磨四磨，終於對他說了。其實也沒有什麼，只不過那老頭人有一個嗜好，就是每天喝湯，那湯是用雪山上採來的極品冬蟲夏草，加上鹿茸、山藥、何首烏等中藥，和一隻大公雞燉出來的！

回到部隊後，他把這個方子送給了他的師長。他的師長娶了三房姨太太，個個年輕漂亮，特別是剛娶的三姨太，那可是一個人間尤物，哪個男人見了，骨頭都酥軟。師長也是一個色中惡鬼，每天晚上都要做那事，雖然吃了很多補藥，也不濟事，整個人面黃肌瘦，雙頰深陷，兩眼更是如同熊貓眼，一看就知道太過了。自從師長用了他這個方子之後，明顯感到很有效果，到後來，應付三個姨太太輕鬆自如，有時候還到外面去偷食呢！作為對他的獎勵，他很快升為營長，一年後又升為團長。

苗君儒聽了董團長說的這個故事，只笑了笑，並不搭話。冬蟲夏草雖是名貴滋補中藥，可也沒有那麼神奇，鹿茸、山藥、何首烏等幾味中藥，都是補腎生精壯陽的，這麼多藥加在一起，自然有效果。

天色漸漸暗了下來，架在火堆上燒烤的馬肉，發出了陣陣香味。康禮夫和手下的人，已經學著士兵們的樣子，一邊用刀割肉，湊著帶來的乾粑粑，津津有味地吃起來了。

這些常年與藏民打交道的西康士兵，早已經學會了在高原上生活的方式，吃完東西，裹上隨身帶來的毛氈，往火堆旁邊一躺，立馬就能打起呼嚕。

康禮夫和劉大古董則鑽進了早已經為他們搭好的帳篷，不知道他們又要商量些什麼。這一路上，兩人經常湊在一起說話，也不知道他們都說些什麼。

苗君儒對他們所說的話不感興趣，因而也懶得去聽。他一邊嚼著馬肉，一邊聽董團長說著西康地區的人文地理和民間故事。他覺得這個四十多歲的男人身上，有過與常人不同的經歷。因為當他幾次談及西康地區軍隊與藏民的關係時，董團長似有顧忌，只說藏民彪悍，不好對付，其餘的就不再說了。

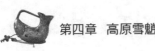

兩人聊著聊著，苗君儒漸漸有了睏意，正要和那些士兵一樣，裹上毛氈躺在火堆邊睡覺，突然聽到遠處傳來一陣奇怪的吼聲。

董團長驀地跳起來，拔槍在手，神色緊張地朝遠處看了看，一些被驚醒的士兵也是驚慌失措的樣子，抓著槍朝四周張望。

扎布跪倒在雪地上，朝著遠處的雪山磕頭不已，口中不知叨念著什麼。

苗君儒問道：「董團長，怎麼了？」

董團長沉聲道：「今天晚上可能不太平靜！」

苗君儒接著問道：「剛才那叫聲好像是熊發出的！」

董團長說道：「要真是熊，那倒不怕，我們有這麼多支槍，足夠應付了。怕只怕是那東西！」

苗君儒問道：「什麼東西？」

董團長說道：「雪魈！」

苗君儒原來在西藏時候，也聽說過關於雪魈的故事。傳說雪魈是天神派到凡間的阿修羅，被囚禁在雪山上。雪魈的頭頂有三根金毛，誰要得到那三根金毛，就能實現三個願望。為了那三個願望，無數勇士鋌而走險，可不是無功而返就是一去不回。至今還沒有人能夠拿到那三根金毛。

在藏民的眼裏，雪魈是雪山上的惡魔，來無影去無蹤，千百年來，無數藏民喪身在雪山上，靈魂和肉體都被惡魔吞噬。一提到雪魈，藏民們無不面露懼色。

他懷疑那是一種遠古遺留下來的雪山類人猿，想請幾個藏民陪同，一起去尋找雪魈，可任他出多大的價錢，就是沒有人敢去。

苗君儒問道：「董團長，你見過雪魈！」

董團長回答道：「沒見過，但是我遇到過！見過那東西的人都死了，而且死得很慘！在雪山上，別的不怕，就怕遇到那東西。」

苗君儒問道：「有什麼可怕？」

董團長一手舉著火把，一手提著一把湯姆森衝鋒槍，低聲回答道：「那東西是魔鬼，根本不懼槍彈。當年我手下有一個排，就駐守在雀兒山那邊的一個山口上，結果一天晚上，全排三十幾個人都死了，一個個支離破碎，慘不忍睹。有的士兵把槍裏的子彈全打光了，但是現場只有幾縷灰白色的毛，那毛很長，也很硬，有一種很濃的腥臭味。後來聽有經驗的藏民說，那是雪魈幹的！我把那毛拿回來放在房間裏，結果我那條平時兇猛異常的德國雜交狼狗，聞了那毛的味道後，嚇得縮在狗窩裏不出來，我一氣之下把牠給斃了，做了一大鍋狗肉湯，讓警衛排的人吃了飽！」

苗君儒問道：「難道沒有辦法對付麼？」

董團長說道：「也不是沒有辦法。我聽藏民說過，那東西很遠就能聞到人的味道，能跟著人追出上百里。遇到那東西，在人多的情況下，點燃火把，並把火把排成兩個大圈，遠遠地看，就像兩隻噴火的大眼睛，加上所有人的齊聲大吼，也許能把那東西嚇走。除此之外，就是快點離開！」

在草原上，每當夜晚遇到野狼群時，很多人都用這種辦法，而且很有效果。大凡夜間出沒的野獸，都懼怕火。

不少士兵已經開始打點行裝，另一些士兵站在週邊，警惕地注視著周邊的動靜，還有一些士兵正在點燃火把，以防不時之需。不虧是與藏民打了多年交道的士兵，無須董團長下命令，他們就知道怎麼做！

康禮夫和劉大古董站在帳篷前，苗君儒走過去，把董團長剛才對他說的話對他們說了。

康禮夫大聲說道：「走什麼走，我還想見識一下雪魈到底是什麼東西呢！」

他的話音剛落，只見從山崖上落下一陣雪團和雪霧，頓時間迷住了眾人的眼睛。苗君儒忍不住抬頭朝上看，只見半空中出現了一大團白色的東西。與此同時，那些士兵手中的槍響了，槍聲頓時響徹了整個大山谷。

苗君儒感覺一陣風從頭頂席捲下來，下意識地朝旁邊一閃，耳邊聽得「噗」的一聲，他剛才站立的地方，頓時陷下去了一大塊，一根白色的大柱子，就豎在那裏。而另一根白色的柱子，已經將康禮夫住過的帳篷壓在了下面。

借著火堆的火光，苗君儒看清那兩根白色的柱子，居然是兩根巨腿。他聞到一股刺鼻的腥臭味，接著，他聽到一陣急促而粗重的呼吸聲，如同夏季半空中響起的悶雷。抬頭一看，看到了一個巨大的身軀，那身軀的上部，是一個比石滾還大得多的白色圓東西。

這就是傳說中的雪魈，身高超過了五米，大腿比石柱還粗上一倍，渾身上下披著厚厚的白毛。

槍聲中，這雪魈擺動雙臂，伸向那些在雪地上連滾帶爬的人，抓住一個，登時扯為兩段，撕開一條人腿，放入大嘴裏咀嚼起來。那鮮血一滴滴地滴下來，落在苗君儒的身上。

他就站在雪魈的兩條巨腿中間，雪魈反而看不到他，但雪魈行動起來，極有可能會把他踩扁。

林正雄和幾個黑衣男人護著康禮夫和劉大古董，拚命地往前跑。在他們的身後，董團長和那些士兵，端著槍瘋狂地朝雪魈射擊。士兵手上的槍都是青一色的美國湯姆森衝鋒槍，這種槍的火力強猛，在兩百米的近距離內，並不遜於輕機槍，而且子彈出膛的初速達到每秒二八二米，在五十米的距離內，可以射穿半寸厚的鋼板。可是那麼多子彈，如雨般的射在雪魈的身上，居然一點作用都沒有。

有幾段人體的殘肢落在苗君儒的身邊，他眼看著雪魈抓起一個又一個的人撕成碎片，轉眼間，上十個人的鮮血將他渾身上下淋得通紅，他成了一個血人。

董團長見勢不妙，命令所有的人分批撤退，相互之間彼此掩護。可是雪地上堅滑難走，加上大家又急又怕，一個個連滾帶爬的，更是走不快。

那雪魈發出一聲聲震耳欲聾的巨吼，邁動比石柱還粗的兩條巨腿，兩三步就追上了那些逃走的人，伸手抓住一個撕成兩截，放入口中大嚼起來，可是牠的吃相並不好，剛吃了幾口就吐掉，又去抓那些離牠最近的人。

董團長從騾子上卸下一門迫擊炮，迅速架好，炮口對準那雪魈正要發射，卻見那雪魈突然變得像瘋子一般，一邊大吼大叫，一邊用雙手使勁拍打著自己的身上。他定睛一看，只見一個渾身紅色的人，正抓著雪魈身上的長毛往上爬。他認出那人正是不久前和他坐在一起的苗君儒，忙大聲命令手下的士兵停止射擊，以免傷到苗君儒。

槍聲停止了，山谷內迴盪著雪魈那急躁而憤怒的吼聲。

卻說苗君儒站在雪魈腳下，見這畜生根本不懼槍彈，那些子彈射入濃毛中，就如同沙子撒入水中，泛不起多少漣漪。他心急如焚，運起大力金剛手，在這畜生的腿上狠狠抓了一把。這招功夫是他跟一個武術前輩學的，若對付一個普通人，只消三成的功力，就可將對方的骨頭抓斷。眼下運起了十成的功力，巒以為一把抓下去，最少也能夠抓下一縷帶血的皮毛下來。哪知道一抓之下，他就知道自己錯了。

這畜生的毛一根一根，又粗又硬，不知道有多厚，一層層的披在身上，最外面的那一層混雜著冰雪，結成一塊塊的，類似盾牌一樣的外殼，而且堅實無比。他那一抓，好歹抓透了幾層皮毛，可一觸到這畜生的外皮時，他手指上的力道已經消失無幾。他大驚之下，再一催力，可觸手之處異常堅硬，根本抓不進去。

連子彈都打不進的地方，他的手怎麼能夠抓得進去呢？

他想起了那個傳說，如果雪魈的頭頂有三根金毛的話，也許有那三根金毛的地方，就是這畜生的致命之處。

天生萬物，不可能十全十美的，任何一種外表強大的猛獸，都有其最薄弱的地方。

他來不及多想，抓著這畜生最外一層混雜著冰塊的粗毛，冒著彈雨向上面爬去。這畜生也覺察到有人扯著牠的毛往上爬，那兩隻大手一個勁的往身上拍，想把他拍死。好在他身手敏捷，不待那巨大的巴掌拍過來，已經抓著那些粗毛，蕩到另一邊去了。

幸虧董團長及時認出了苗君儒，否則，他就算不死在雪魈的巴掌下，也會被子彈射中。

他好不容易爬上了雪魈的肩膀，在躲避那兩隻大巴掌的拍擊時，差點從上面滑落。好在他已經抓住了雪魈大耳朵旁邊的一撮長毛，借力跳到雪魈的頭頂上。

上了雪魈的頭頂，並沒有看到傳說中的三根金毛，他驚異地發現，這畜生的頭頂與人類和猿類的都不一樣，並不是凸出來的，而是中間凹進去了一大塊。這一發現令他激動不已，在考古過程中，他發現了許多遠古類人猿的頭顱化石，很多化石的頭頂凹陷，中間有一個圓洞。就是那個圓洞，難倒了不少國家的考古學者。他認為那是遠古類人猿沒有進化的一大特徵，因為人類在出生後，頭頂的顱骨沒有癒合，有些嬰兒還能看到那地方像心臟一般的起伏跳動。儘管他的論點得到大多數學者的認可，可沒有得到有力的證明，顯得有些空泛。要是能夠拿到雪魈的頭顱，那將是最好的證明。

想到這裏，他不待頭頂的巨掌拍下，以手肘猛擊那凹陷的地方。一擊之下，只聽得雪魈發出一聲慘號，將頭猛地一甩。他站立不穩，被甩了出去，落在十幾米遠的雪地上。

他以為雪魈會趁機對他實施報復性的進攻，落地後翻身而起站立在那裏，等待雪魈朝他撲上來時再做出最快的反應。在這高山雪地之上，要想逃的話，是怎麼都逃不過雪魈的。他已經找到了對付雪魈的辦法，自然不會害怕。

只見那雪魈的雙臂抱著頭，彎著腰畏懼地看著他，一人一怪就這樣對視著。

董團長叫道：「苗教授，快逃，危險！」

不料苗君儒不但沒逃，反而往前走了幾步，只見那雪魈發出幾聲哀嚎，轉過身拔腿就跑，瞬間便消失在了雪山之上。

雪魈雖然不見了，但那恐怖的聲音仍在山谷間久久迴盪著。董團長跑過去，拉著苗君儒的手說道：「苗教授，謝謝你救了大家！」

苗君儒長長吁了一口氣，這才感覺渾身乏力，腿腳都有些酥軟，他咬著牙沒有倒下。畢竟上了年紀，又是在空氣稀薄的高原之上，剛才在雪魈的身上那麼一折騰，所耗的力氣超過了極限，已經覺得後力不繼。

那些士兵發出歡呼聲，蜂擁過來將苗君儒抬了起來，一次又一次地拋起，每個人都慶幸自已能夠從雪山惡魔的手下逃生。這不是運氣，而是智慧與力量對決後的結果。

扎布垂著手走過來，恭敬地跪在苗君儒的面前，用額頭去碰他的鞋面。這是藏民最尊敬的禮節，在扎布的心裏，他不是人，而是一尊與活佛同樣的神了。

董團長帶人清理剩下來的人馬，騾馬跑了四匹，馬死了一匹，損失都不大。可是他手下的士兵死了十一個，康禮夫手下的黑衣男子死了五個。屍首七零八落，丟得到處都是。好不容易收攏來，很多都缺胳膊少腿的，拼不成一具完整的屍體。

挖了兩個雪坑，一個坑埋士兵，一個坑埋康禮夫手下的人。

董團長站在士兵的墳前，哽咽著說道：「你們跟著我姓董的，沒過上幾天好日子，我對不起你們，放心吧！只要我能活著回去，一定虧待不了你們的家人！」

其餘的士兵也是面有淒色，一個個低著頭，眼裏含著淚。

還沒進入西藏，就死傷這麼多人，要真的遇上點什麼事情，就憑剩下的這點人，還能夠應付麼？

雪魈一般都是成雙成對的，另一個還不知道什麼時候出現。如果繼續在這裏宿營，說不定所有人都會喪身在這裏。康禮夫和劉大古董商量了之後發了話：趁著黑夜繼續往前走！

一溜火把，沿著積雪覆蓋的山路蜿蜒向上，看上去頗為壯觀。想當年，那些走南方絲綢之路的商人，不也是這樣的麼？

在翻過一道陡峭的雪山崖時，兩匹騾馬摔下溝谷。

拐過了一道山嘴，眼前白茫茫一片，全是雪。雖然是晚上，但高原的雪山上有光線映照著，倒也可以模模糊糊地看得到一些景色。走不了多遠，突然刮起了大風，那風越來越大，在耳邊「呼呼」的直響，吹得人站立不穩。狂風夾雜著豆大的冰雹，劈頭蓋腦地打過來。很多人趕緊用毛毯裹著頭，只露出一雙眼睛。

那風太大，人的眼睛根本沒有辦法完全睜開。大家手上的火把早就被風吹熄了，彼此之間手牽著手，有的在前面拉著騾馬的轡繩，有的在後面扯著騾馬的尾巴，就這麼一步一步的，咬著牙往前挪。

每走一段路，董團長就梗起嗓子吼一聲：「大家看清腳下的路，注意點，跟上，跟上！」

苗君儒拉著一匹馬的轡繩，扯著一個士兵的手，一步三滑地走得很吃力。那風幾乎是對著人來的，直往衣服裏鑽，一直鑽到骨頭裏。穿著那麼厚的衣服，根本不管用，手和腳都有些凍麻木了。鼻孔邊上結了一層白霜，一抹全是冰渣子。

苗君儒心中暗罵道：這鬼天氣，怎麼說變就變了呢？

他在西藏待過，對西藏的氣候還是瞭解的，尤其在雪山上，狂風、大雪、冰雹，那是很正常的事情。四月份還好，要是等到五六月份去，站在雪山腳下，望著那白皚皚的山頂，連話都不敢說，生怕一點聲音會引發雪崩。

連他都感覺呼吸有些困難，更別說其他人。他瞇著眼睛朝前後看了看，見一個個都低著頭，緩慢地往前移。那些馬和騾子似乎也很懂事，跟在人的屁股後面，頂著風往前走。

下到一處山谷，風立即小了許多，偶爾有幾顆小粒的冰雹落在身上，道路也寬了起來。

董團長仍在吼：「大家注意，跟上，跟上！」

苗君儒見康禮夫和劉大古董被幾個黑衣男子圍著，正走在隊伍的中間，林正雄前後照應著，一副很忙碌的樣子。

走在最前面的扎布傳過話來：再往前走一段，就是拉古拉山口，過了山口，對面就是雀兒山。

拉古拉山口又叫死人口，是這條通往西藏道路的必經之地，還屬於西康省管轄。自光緒廿四年以來，漢藏兩族軍隊多次在這裏激戰，死人堆積如山，白骨遍地，因而叫死人口。

往谷底走了一陣，積雪不見了，連風都消失得無影無蹤。大家走著走著，居然出了一身汗。這山谷和山頂，真是兩重天！

火把重新點了起來，一個接著一個。苗君儒見劉大古董也舉著一根火把，就跟在康禮夫的身邊。六十多歲的老人，居然還有這麼好的體質，實在難得。

苗君儒的腳踢到一個圓圓的東西，定睛一看，原來是一顆死人的頭顱，再往前走，見到死人的骸骨越來越多，估計離拉古拉山口沒多遠了。

扎布指著那邊大聲說道：「看，拉古拉山口！」

隱約可見右前方有兩座相鄰的山峰，中間有一道凹陷之處，看上去並不遠。往前走了約莫一個小時，終於來到。苗君儒朝前面看了看，可模模糊糊的，根本無法看清。

山口下是一大片草地，興許是多年來被鮮血滋潤的緣故，那草長得特別旺盛，幾乎漫過了膝蓋。騾馬似乎餓極了，只顧低頭吃草，怎麼拽都不走。

大家走了這麼久，早已經疲憊不堪。左邊谷底那黑乎乎的地方，都是原始森林。董團長跑到前面，向康禮夫央求去森林的邊上休息，等明天再過拉古拉山口。因為雪魈只在有雪的地方活動，所以在森林邊上不用擔心雪魈出現，況且有木材生火，大家的濕衣服也該烤一烤，否則風寒入骨，會出人命的。

康禮夫也累得夠嗆，巴不得找個地方歇息。

得到許可後，幾個士兵歡叫著朝谷底跑下去，在距離森林邊緣還有兩三百米時間，突然從林子裏響起一陣槍聲，衝在最前面的兩個士兵頓時撲倒在地。

董團長大叫道：「不好，遭埋伏了！」

第五章

死人口

以苗君儒多年考古的經驗，
像這種活人進去不見出來的地方，通常有兩種可能，
一是裏面佈滿陷阱，進去的人全都死在裏面了，
二是洞裏有不明的致命氣體，
當進去的人意識到危險來臨時，已為時已晚。

拉古拉山口之所以叫死人口，是因為這裏死的人太多。早在清朝之前的大明正德年間，這裏就發生了一場大戰。

正德皇帝即位後，烏斯藏（西藏）大土司勾結喇嘛反叛，不願臣服大明，護國大將軍方治衡率十萬大軍由岷州出發遠征，剛開始時節節勝利，殺了不少頭人和土司，掠奪了無數金銀財寶。可是仗打到後來，由於受高原氣候的影響，軍士大多生了傷寒病，一旦得了傷寒，十有八九熬不過半個月。幾個月後，十萬人馬只剩下兩三萬人，加上糧草後路被截斷，大軍逐漸陷入絕境。幾次與藏軍交鋒，均得不了便宜，方治衡見再堅持下去無益，指揮軍隊開始向四川雅州方向撤退。當撤至拉古拉山口時，明軍遭到十幾萬藏軍的埋伏。那一戰只打得天昏地暗，日月無光。兩三萬剩餘的明軍，最後逃到雅州的，還不到一千人。方治衡本人也在拉古拉山口下戰死，遺體被下屬連同那些搶奪來的財寶埋在一起。

幾百年來，不少人來這裏尋找將軍墓，可找來找去，就是找不到。

一直以來，這裏都被稱為死人口，是一塊不祥之地。一些山匪也都躲藏在這裏，借機搶掠來往的商旅。

還沒接近死人口，董團長就看出了異常。他以前也帶人經過這裏，還與藏軍交火，藏軍靠的是熟悉地形，居高臨下，西康軍隊則仰仗武器上的優勢，一頓炮火往上面猛轟。那一戰雙方互有死傷，最後還是藏軍抵擋不住，狼狽逃走。

若是無人經過，山口下的草叢中，隨處可見野鼠和山獺，不時還能遇得到幾隻野狼或熊。那些生活在高原上的小野獸非常懼人，一見到人就溜得沒影了。

從看到死人口開始，這一路走過來，除了踩到死人骸骨之外，一隻野獸都看不見。他走到最前面，見道路兩邊的草叢中，有許多被踩踏過的痕跡。

他把心裏的疑惑對康禮夫說了，可康禮夫沒多想，原因是這條路經常有人走，而且都是成群結對的商旅，踩踏一點路邊的草叢，並不足為奇。

但是董團長已經多了一個心眼，派幾個士兵在前面探路。一直走到山口下，都沒有發現異常。儘管如此，他還是建議先找個地方休息，明天再過山口。

當他們來到山口下，正準備上山時，事實證明了他的判斷，當那兩個士兵被林子裏射出的排子槍打倒後。山口上立即響起了激烈的槍聲，跟在扎布後面的幾個黑衣男子被子彈射中，屍體滾落在草叢中。

林正雄的反應很快，背起康禮夫就往後跑，劉大古董的速度也不慢，緊緊地跟在他們身後。

幾匹騾馬受驚往山上跑去，董團長大聲叫道：「大家不要慌，往後撤，用炮對付他們！」

在草地上，連個藏身的地方都沒有，若是近距離對火，則很吃虧。只有撤出對手的射擊範圍，才能做進一步的抵抗。

董團長所選的這些士兵，都是身經百戰的。無需他指揮，就已經躲在騾馬的背後，邊開槍邊往後撤了，待撤出一段距離後，有幾個士兵已經從騾馬上取下迫擊炮，調整射程進行試射。

剛開始，苗君儒也被這突如其來的槍聲驚住了，跟著士兵往後跑了一段路，才站住身體往回看。他很快看清，森林那邊的火力並不猛，倒是山口上的槍聲響得很激烈。

在董團長的命令下，所有的人都將火把滅了，以免成為對方的活靶。他朝前面看了一陣，說道：「不是藏軍，好像是山匪，看上去人數有好幾百，媽的，是誰成這麼大氣候了？」

在西康這邊的大山裏，雖然有很多山匪，但人數一般十幾到幾十個不等，上百人的山匪只有那麼幾股，經國軍幾次圍剿之後，已經銷聲匿跡了。數百人的山匪，董團長連聽都沒有聽說過。

對於有經驗的軍人而言，無須看到對方，只憑槍聲上判斷，就知道對方是些什麼人。

山口那邊有一槍沒一槍地響著，距離相隔這麼遠，根本無須擔心會打到這裏。畢竟人數上懸殊太大，董團長不敢冒然進攻，只壓縮隊形，退到一處凹地，等進一步看清情況後再做定奪。

天色漸漸亮了，可以逐漸看清山口那邊的情形。拉古拉山口由下自上成八字形，下寬上窄，彎度和坡度比較大，兩邊都是聳峙的岩壁，形成一條月亮形的大峽谷，大有一夫當關萬夫莫敵之勢。要是在上面最險要的地方安上兩挺機槍的話，任你多少人都衝不上去。

要先消滅森林那邊的小股山匪，才能考慮對付山口上的那些。

在董團長的指揮下，幾門迫擊炮對著森林那邊猛轟，十幾個士兵分成兩隊，在迫擊炮的掩護下，端槍向森林那邊包抄過去。其餘的人則防範著山口上的山匪。

康禮夫在林正雄等人的保護下，正饒有興致地看著董團長的表演。

山口上的敵人看出了董團長的行動，大批的人蜂擁著往山下衝來，看上去有一兩百人。遠遠望去，都是一些烏合之眾，穿著什麼樣衣服的都有，拿著槍也是各式各樣，老套筒、中正式、火銃，有的人甚至還拿著梭標。

看清對方的實力之後，那些負責警戒的士兵露出不以為然的神色，從騾馬上抬下貨物，趴在上面，待那些山匪衝進射程後，才漫不經心地開槍。衝鋒槍的子彈如雨般的掃過去，瞬間便掃倒了一大片。

山匪就是山匪，根本不經打。見前面倒下了二三十個，剩下那些活著的山匪一看不妙，撒開腳丫就往後跑。

森林那邊響起了槍聲，並不激烈，沒多一會兒，一個士兵朝這邊揮手，那意思是完全解決了。

董團長對苗君儒說道：「這些山匪說不定就是衝著我們來的，平常埋伏在這裏搶劫商旅的，不過幾十個人！幸虧我派幾個士兵到森林那邊去看，要是冒然往山口上去，在那上面動起手來，吃大虧的是我們！在近距離內，幾支甚至幾十支槍一齊開火，這種排子槍的威力還是很厲害的！」

想必是躲在原始森林邊上的山匪一見有士兵靠近，迫不及待地打起了排子槍。而埋伏在山口上的土匪一聽下面開槍，以為人已經上來了，便胡亂開起槍來。如此一來，便暴露了目標。

苗君儒問道：「我們這一路上行走的速度並不慢，上山之後，也沒見到什麼外人，他們又是如何得到消息，事先埋伏在這裏的呢？」

董團長笑道：「山匪的探子躲在暗處，你沒見到他，他就已經見到你了。我們走路的速度是不慢，可是天上飛的鳥，要比我們快得多！」

苗君儒呵呵一笑，在莽莽大山之中，用飛鴿傳信，確實是一種最快捷的方法。

林正雄走過來問道：「董團長，康先生問你什麼時候可以過去？」

董團長豪邁地說道：「就算他們多幾百人，只要有那幾門迫擊炮，隨時都可以過去！」

他的話剛說完，一個士兵叫起來：「團長，我們的炮彈不多了！」

董團長的臉色一變，叫道：「炮彈呢？」

那士兵說道：「我們總共帶了十箱，本來夠用的，可是在前面的時候，馱炮彈的騾馬掉下山去了，還剩下兩箱，剛才打森林那邊用了一箱多，現在還剩下八顆！」

董團長跺腳道：「八顆怎麼夠用？你們怎麼不早說？」

那士兵說道：「我們也是剛剛才發現！」

董團長朝山口那邊看了看，說道：「死人口的地形易守難攻，剛才他們衝下來已經吃了虧，現在死守在上面，不輕易下來了。就憑我們這些人，要是沒有足夠的炮彈，想強攻上去的話，恐怕很難！」

林正雄說道：「聽說你在這裏打過仗，應該知道山口那邊的地形，有這八顆炮彈做掩護，你們的武器那麼好，一鼓作氣衝上去，一定行的！」

董團長的手下還有二十幾個人，衝到山口的拐彎處並不難，難的是繼續往上衝。他知道上面的地形，從拐彎上去後，路面並不寬，一邊是峭壁，另一邊是深不見底的大山溝。道路斜著沿山勢往上，有一段最險峻的地方，長度大約有五六百米，最窄的地方不過一米，兩邊連一塊凸出的岩石都沒有，根本沒有辦法躲藏。而且離路面兩三米高的地方，有一條從山口那邊延伸過來的道路。那條路是一千多年前修路的時候修出來的，見修不過去了，才在下面又修了一條，就是現在走的這條路。

若在那上面安排十幾個人，就算武器不怎麼樣，可下面的人要往上衝，無疑是送死。

他上次攻打的時候，就是用炮火對著躲在那一層的藏軍進行壓制，才組織敢死隊衝上去的。而山口那邊的藏軍見這邊的炮火太猛，熬了一會兒就自動退去了。平時經過那地方的都得小心，更別說上面有那麼多支槍對著。沒有足夠的炮火掩護，根本沒有辦法衝上去。

董團長說道：「就是因為我知道山口那邊的地形，所以不會讓兄弟們白白去送死！」

林正雄說道：「難道我們就在這裏白白等死嗎？」

董團長想了一會兒，說道：「在山口那邊的路下方，有一個洞，那個洞很深。據說當年明朝護國大將軍方治衡帶著剩下的人從山口那邊過來，在這邊遭到埋伏，不得已退到山口那邊死守，可是他前後受到夾擊，眼看全軍覆沒，有一隊官兵從那個洞裏鑽進去，再從這邊出來，奇軍一出，總算殺出了一條生路。」

林正雄說道：「你的意思是從這邊找到那個洞口，派人鑽過去，從山口那邊的背後發起攻擊？」

見一個人出來。」

董團長點頭說道：「有人說當年明朝護國大將軍方治衡，把搶來的幾十箱珍寶都藏在那裏面。可是那個洞裏很邪門，這麼多年來，無論進去多少個人，都沒見一個人出來。」

苗君儒問道：「那是怎麼回事？」

董團長說道：「我也不知道。我手下的一個排長也想試試運氣，帶了十幾個弟兄進去，結果我們在外面等了他們三天，都沒見人出來。後來我叫人守著那個洞口，一直守了兩個多月，也沒見人。」

苗君儒問道：「這邊的洞口在哪裏？」

董團長說道：「就在森林邊上的一個草叢中！」

林正雄問道：「除此之外，難道沒有第二條路？」

董團長說道：「那就只有按你說的，用那八顆炮彈做掩護，硬著頭皮往上衝了。可我就這麼一點人，就算打光了，也沒有辦法衝上去。」

林正雄厲聲道：「你沒試怎麼知道？那些人都是山匪，連正兒八經的武器都沒幾支，興許幾炮一轟，就把他們打退了！你要是沒有膽量去，我帶著你的人去！」

董團長的眼睛一瞪，吼道：「我的人要你帶嗎？」

苗君儒一見林正雄要發火，擔心他們吵起來，忙把董團長扯到一邊，低聲說道：「他要帶人上去就讓他帶，反正叫你的人機靈點，萬一不行就撤下來！」

林正雄畢竟是康禮夫的人，得罪不得，董團長氣得沒話說，卻又無可奈何。見董團長默許了，那些士兵只得跟著林正雄往山口那邊走去。

康禮夫走過來，和聲說道：「董團長，他的脾氣就那樣，你可別往心裏去。等回到西康，我一定在劉主席面前為你表功！」

苗君儒也說道：「趁他們去進攻的檔兒，我們去看一看那個洞！」

董團長被苗君儒拉著，往森林那邊走去。康禮夫和劉大古董站在一起，表情複雜地看著他們。

兩人來到森林的邊上，並沒有走進去，而是沿著森林的邊沿走到山腳下。只見草叢中突見一個大陷坑，不斷往上冒著淡淡的白氣，裏面黑咕隆咚的，不知道有多深。

苗君儒丟了一塊石頭下去，半天都聽不到回聲。站在陷坑的邊上，只覺得暖風陣陣，是從下面吹上來的。

董團長說道：「就是這裏了，很深的，下面好像還有水。那時我還丟了一顆手榴彈下去，好像是在水裏炸開的。用繩子吊下去三四米之後，有一個斜洞往前走，我就知道這些！」

山口那邊響起激烈的槍聲，還有幾聲炮響。董團長朝那邊看了看，歎了口氣說道：「炮彈不夠，他們衝不上去的！」

槍聲漸漸稀疏起來，遠遠地看到那些士兵從上面逃下來了。

第一次強攻的結果，損失了五顆炮彈，死了兩個士兵，傷三個，林正雄的胳膊上也掛了彩，他見了董團長，嘟噥了一句，沒有再說話。

既然強攻不上去，那就只有按董團長的意思，派人從洞裏穿過去。可是誰又能知道，進去之後還能不能出來呢？

以苗君儒多年考古的經驗，像這種活人進去不見出來的地方，通常有兩種可能，一是裏面佈滿陷阱，進去的人全都死在裏面了，二是洞裏有不明的致命氣體，當進去的人意識到危險來臨時，已為時已晚。

進去這樣的地方，要有充分的準備才行。可是他們除了有繩索和火把外，其他的工具什麼都沒有，更別說防毒面具了。

如今戰場上用的防毒面具，都是有單層或雙夾層的活性炭，對毒氣起到了過濾和吸附的作用。用土方法製作活性炭並不難，只需要一個相對封閉的空間，將木材在燃點下焦炭化既可。在這樣的高原地帶，很適合製作活性炭。當下，苗君儒叫幾個士兵在森林邊上挖了一個大坑，把坑周邊的泥土拍實，接著用士兵們掛在身上的大茶缸，把削好的木屑放進茶缸中，口子上用泥土堵嚴實，把茶缸埋入大坑的周圍。接下來要做的，就是砍來木材，在坑內燃燒起來。

等到大家的衣服都烤乾，炭火也燒得差不多了。撥開炭火，把茶缸取出來，去掉口子上的封泥，見缸內的木屑大多已經碳化。

把這些碳化的木屑用布包好，就成了一個個的土防毒面具。

董團長不可思議地望著苗君儒，問道：「就那麼一點黑黑的東西，到底有沒有用？」

苗君儒說道：「有用，美國特種部隊的士兵，有時候也用這種方法，不信你問林先生，他可是特種兵出身！」

董團長不以為然地說：「就他那樣還特種兵出身？怎麼沒有衝上去？」

一個士兵說道：「團長，那個姓林的還真有些本事，槍打得準，一槍一個毫不含糊，用手指頭扣著岩壁翻到上面那一層，差點就衝上去了。可那些山匪的人太多，還有機槍，我們……」

董團長罵道：「才跟了他一陣，就替他說話了？你還是不是老子手下的兵？」

那士兵登時不敢吭聲，退到一邊去了。不料另一個大個子士兵說道：「要是有一支小日本的三八大蓋就好了，敲掉那兩挺機槍，我們一定能衝上去！」

士兵們手中衝鋒槍的有效射程不過兩三百米，日本三八大蓋的有效射程可達六百米以上，而且精準度很高。

苗君儒問道：「我們不是有炮嗎？」

大個子士兵說道：「那地方小炮打不到，剛才打了兩發，炮彈全打到石壁上去了，打不到他們。」

炮彈的射程是有弧度的，受地理環境的影響很大，有些地方是炮彈射擊的死角，比不得手裏的槍，可以直線瞄準射擊。

川西這邊的國民黨士兵配置的步槍都是中正式，只有那些參加過抗日的軍隊，才有從戰場上繳獲的三八式。

董團長罵道：「媽的，現在到哪裏去弄小日本的槍呢？我就不信，沒有張屠夫，我就要吃帶皮豬了！苗教授，你帶我的人在上面佯攻，我帶人進洞去！」

苗君儒說道：「還是我帶幾個人進去吧，你帶人到上面等，要是背後那邊的槍一響，你就帶人強攻，怎麼樣？」

董團長點了點頭，遞過來一支盒子槍，說道：「萬一洞裏有什麼妖怪，就用這玩意兒對付牠！」

苗君儒接過槍插在腰間，用土防毒面具包住鼻子，將繩子綁在腰上，一手持著火把，一手抓著繩子，踩著洞壁往下溜。

由於洞內有水汽冒出，洞壁上結滿了水珠，有的地方長了綠色的苔蘚，很滑，根本無法立足。苗君儒幾乎是懸掛著往下移動，下到三四米的地方時，手上火把的火苗一偏，看到了左側洞壁上的那個洞口。

那洞口並不大，只可容得下一個人彎著腰進出，他費了很大的勁，終於攀到那個洞口，鑽了進去。

不斷有人從上面下來，都聚到洞口的地方。苗君儒帶頭貓著腰往前走，越往裏走石洞越來越大了不少，走了四五步，就可以完全站起來。又往前走了十幾米，看到地上有兩具骸骨，骸骨的旁邊還有兩支生了鏽的步槍。骸骨的頭是朝著洞外的，從他們倒地的姿勢看，這兩個人一定是從裏面逃出來，就在離洞口不遠的地方倒斃在這裏了。

他們生前一定遇到了什麼可怕的東西，乃至於從裏面不顧一切地跑出來。

一個老兵上前撿起那兩支槍，對苗君儒說道：「是我們的人！」

苗君儒說道：「大家小心點，不要離我太近，每隔兩三米一個人，儘量不要說話！」

他這麼做，也是為了大家的安全著想，一旦洞內有什麼異常，可以讓走在最後的人有足夠的時間逃離，無須都死在這裏。

那些士兵點點頭，與他拉開了一段距離。一個個把手指搭在扳機上，一旦看到什麼異常情況，立即開槍。有兩個士兵還把手榴彈的蓋子擰開，將拉弦套在小手指上。

從外表上看，這個洞與別的石灰岩洞沒有什麼不同，可是越往前走，骸骨就越多，幾乎是層層疊疊，有的骸骨上仍穿著盔甲，從盔甲的式樣上看，有明代的，也有清代的，還有的甚至是吐蕃王朝時期的，這些人分別屬於不同的時代，卻都死在了這裏。

苗君儒的心漸漸懸了起來，在這種人跡罕至的高原上，到處都充滿著恐怖和神秘，很多地方都生活著不為人知的古怪生物，不久前遇到的雪魈就是一個很好的例子。這個洞裏的，又會是什麼怪物呢？

他舉著槍，一步一步非常小心地往前走。洞內的空氣並不渾濁，還能聽到別處傳來流水和滴水的聲音。他不敢把土防毒面具摘下來，以防有什麼不測。在這種空氣不太流通的地方，最容易凝聚有毒氣體，很多有毒氣體無色無味，稍微不注意就中招。

這麼多人死在這裏，屍體腐爛化為白骨，

讓他有點想不明白的是，如果洞內真有毒氣的話，那為什麼當年明朝那一支軍隊，可以平安通過這裏呢？

雖然那是民間傳說，沒有確實的根據，可這洞內那些穿明朝武士盔甲的骸骨，很好地證明了當年確實有明軍經過這裏。

往前又走了一陣，面前出現很多岔洞，每一個岔洞口上都有骸骨，人數多少不等，整個洞內不知道有多少具骸骨。

他走進一個稍大一點的岔洞，走不了幾步，聽到身後傳來腳步聲，以為是哪個士兵跟上前來了，回頭一看，哪裏看得到人？可剛走了兩步，就感覺身後有人，呼哧呼哧地喘著氣，並且在他的脖子上吹氣。

在藏族和蒙族的民間傳說中，那種被狼咬死的人，變成厲鬼之後要找替身，最喜歡學著狼的樣子，把手搭在人的肩膀上，朝脖子上吹氣，要是人轉過脖子，魂魄就被厲鬼攝走了。

很多民間傳說都有一定的根據，雖沒有傳說中的那麼神奇，但也確有類似的事情。也許此刻在他身後的，並不是什麼厲鬼，而是殭屍或是什麼怪物。

他突然把頭一低，側身反腿踢出，這一招倒踢金鐘，是武當拳中的腿法，凌厲至極。普通人若是被踢中，登時沒命。就算是殭屍和一些怪物，也會被踢出幾米遠。

不料他一腳踢出，卻踢了一個空。他順勢在地上一滾，借機往後看，哪知道什麼東西都沒有。他剛站起來，頓覺腦後又有風響。

他大驚，身子一矮，朝頭頂望去，可是頭頂的洞壁上空空如也，什麼東西都沒有。

莫非在他腦後吹氣的東西會隱形？想到這裏，他抓起地上的泥土，朝四周撒了一遍。可那泥土全落在洞壁上，並未被什麼東西擋住。

怪事！

他仰面躺地上，高舉著火把，傾聽著身邊的動靜。離他不遠的那士兵見狀，以為他出了什麼事情，忙跑過來！

他坐了一個噤聲的手勢，示意那士兵學者他的樣子躺在地上。

兩人躺在一起，靜靜地聽著周圍的動靜，可聽了一會兒，除了後面幾個士兵走路的聲音和兩人的心跳外，什麼聲音也沒有。滴水聲和流水聲也不見了，四周如死了一般的沉寂！越是這種寂靜，越讓人感到害怕！

苗君儒起身後，要那士兵與他背靠背，慢慢地往前走。他不相信這樣還能聽到腦後那怪異的喘氣聲。可是沒走幾步，他又感覺到來自腦後的吹氣聲。他扭頭一看，居然看到一張模樣怪異的臉龐，那臉龐的頭上居然還戴著國軍的軍帽。

他猛地退了幾步，身子往洞壁上一靠，下意識地勾動了扳機。與此同時，他聽到一陣衝鋒槍的槍響，子彈擦著他的頭頂射到洞壁上。

他奇異地看到那個士兵扭曲著身體倒在地上，臨死前艱難地呻吟了一聲：「苗……教授……為……什麼……」

他愣愣地看著手裏的槍，實在不敢相信親手殺了一個無辜的人。是幻覺！

他上前撿起那士兵的衝鋒槍，伸手將士兵的眼睛合上，心中慚愧道：對不起，兄弟！

後面的士兵聽到槍聲，一齊朝前面衝過來。當他們看清了面前的情形時，憤怒地將槍口對準了苗君儒。

苗君儒連忙說道：「不要亂來，這個洞裏充滿了詭異，能夠讓人產生幻覺，剛才我看到他就像一個怪物，所以不小心殺了他。大家小心點！」

聽他這麼說，那幾個士兵垂下了手裏的槍，一個個露出奇怪的神色。

既然大家都過來，就沒有必要再分開。苗君儒一再強調，不要相信眼前看到的東西，只跟著大家走。

洞內的道路開始沿一定的坡度往裏去，到了這裏，居然連一具死人骸骨也看不見，走了一陣，只見兩邊的洞壁變了顏色，從裏面透出許多光影來，一時間人影幢幢，層層疊疊，分不清誰是誰來！

苗君儒用手摸了一下洞壁，感覺非常光滑，和玻璃沒有什麼兩樣。這種自然形成的石英石，在很多石洞中都有，並不稀奇。但奇怪的是，每當他往前走一步，耳中便會響起「嗡嗡」的聲音，越往前走，這種聲音越盛，以至於大腦充血，感覺就像要炸開。

他撕下兩塊布塞住耳朵，繼續小心往前走，可沒多遠，一堵大石英石擋住去路。後面的士兵陸續湧到他身邊，其中一個道：「沒路了，苗教授，怎麼辦？」

這士兵的話音剛落，洞內響起同樣的聲音，仍是那句話。

有些岩石由於所含的物質奇特，具有錄音和釋音功能，知道這種情況的，並不足為奇。但在這個骸骨遍地的洞裏，出現這樣的事情，難免會讓人心驚肉跳。

苗君儒不想過多的解釋，做了個噤聲的手勢，要大家分頭尋找出路。找了一會兒，終於在大石英石側面的地方找到一條窄縫。這條窄縫處在兩塊大石英石中間，極不容易找到，左右只有一尺多寬，必須側著身子才能進去。

他舉著火把側著身走了過去，可走了幾分鐘，看見前面有人，還舉著火把，仔細一看，原來是那幾個跟在後面的士兵。

轉了一圈，居然轉到了士兵們的背後。

往回頭或許能重新找到別的岔洞，可當他們往回時，卻見道路被一堵石英石擋住。那些士兵也是面露驚慌之色，苗君儒也是吃驚不已，難道是觸發了某個機關，才把大家困在這裏？可是從這個洞裏面的情況看來，沒有人為雕琢過的痕跡，應該不會有人為布下的機關。他把大家每兩人分為一組，開始尋找別的出路，可是轉來轉去，都回到原地。

眼看火把即將燃盡，要是再找不到出路，所有的人都將死在這裏。

苗君儒看著地面，這裏沒有一具骸骨，就說明這麼多年來，沒有人死在這裏。當年那些困在這裏的人，是怎麼走出去的呢？

當他看到火把中那些往上冒的煙時，忍不住抬頭望去，見頂部空曠，似乎另有出路。

幾個士兵搭成人梯，爬上一堵石英石的頂部，見地上又有兩具骸骨，果然是洞上有洞。

自苗君儒他們進洞後，董團長就帶人來到山口的轉彎處，只待山口後面槍聲一響，他就帶人往上衝。

可是一直等到天黑，都不見槍響。

熬到了半夜，還是不見槍響。無奈之下，董團長帶著剩下的十幾個人，想趁著黑夜衝上去，哪知道剛上去不久，就被對方發覺。不但沒有衝上去，還傷了兩個弟兄，那三顆迫擊炮彈也用完了。

若是沒有辦法過去，就只有往回走，從別的路繞道，可是這一來一往，耽誤時間不算，而且不知道那些山匪是不是在後面也設了埋伏。

如此一來，他們只有等死的份！

他已經打定主意，要是天亮之前還聽不到山口背後的槍聲，就帶著剩下的人全力衝上去，就算死，也算盡職了。

軍人的本色就是死在戰場上。只是死在那幫山匪手裏，心裏感到實在不值。

他哪裏知道，苗君儒帶著那幾個士兵，正在洞裏與一頭怪物進行生死之搏！

苗君儒爬上那堵石英石的頂部，往前走不了多遠，頓覺寒氣陣陣迎面而來，使他忍不住打了一個寒戰。

在經過雪山遭受暴風雪侵襲時，也沒覺得有這麼寒冷。越往前走，越冷得刺骨。身旁的洞壁上結了一層厚厚的冰，從嘴裏呼出來的熱氣，轉眼間就變成雪花，飄飄灑灑的往下落。

在多年的考古生涯中，苗君儒也到過一些零下一二十度寒冷的地方，可沒見過這麼冷的。正要考慮往回走的時候，依稀看到前面好像有亮光，追著那亮光，走過一條狹窄的洞道後，看到了一堵發光的岩壁！

岩壁並不發光，發光的是岩壁前的一顆珠子。

那珠子如鴿卵大小，懸浮在空中，發出眩目的光芒。在岩壁冰層的反射下，光芒照遍了整個洞宇。

一個士兵冒冒失失地衝過前，想去拿那個珠子，卻被苗君儒死死拉住。當那士兵看清珠子旁邊的一頭怪物時，登時變了臉色。若不是被苗君儒扯住，等下是怎麼死的都不知道。

在岩壁右邊的陰影裏，站著一頭大怪物，這怪物長著三個頭，中間的較大，兩邊的略小，體形像極了遠古白堊紀的暴龍，只是沒有暴龍那麼體格巨大。讓大家害怕的是，那三個頭上綠瑩瑩的眼睛，全都盯著他們。

這樣的一隻怪物，不知道在這洞裏生活了幾千年。

在他們的腳邊，一根根的人體骸骨全都斷裂，胡亂散落著，並不似後面地上的那些，保持著完整的人形。碎骨中有不少盔甲和兵刃，從式樣上看，明清兩代的都有。

當年那一隊明軍進來後，肯定也發現了這隻怪物，留下一部分人與怪物遊鬥，其他人則迅速往前走，由於人多，所以衝了出去。

離那怪物不遠處的地上，有一支生了鏽的盒子槍，那槍的主人，應該就是董團長所說的那個排長了。遍地都是散碎的骸骨，哪一具才是那個排長呢？

這幾個士兵手中的衝鋒槍全響了，子彈如雨般潑過去。那怪物發出一聲巨吼，中間那個頭張開嘴吞下了珠子，邁動四足朝他們所在的地方衝來。

苗君儒大驚，忙扯著幾個士兵往後退。要是子彈能夠對付這個怪物的話，那個排長就不會死在這裏。

轉眼間，那怪物已經衝到了面前。張開三個血盆大口，朝兩個士兵當頭咬下。儘管有士防毒面具捂著鼻子，但苗君儒還是聞到了令人作嘔的腥臭味。眼見那兩個士兵就要命喪怪物之口，他奮不顧身飛起右腿，由下自上踢中那怪物三個頭連接處的頸部。

這一腿彙集了他全部的功力，就是一塊五寸厚的石板，也能被踢斷。孰料踢中那怪物時，感覺像踢在岩石上一般，饒是如此，也踢得那怪物退了幾步。

那兩個險些喪命的士兵連滾帶爬地回到苗君儒身邊，還沒等他們站起身，那怪物噴出一團煙霧，又撲上來。

眾人離那煙霧足有四五米遠，一個個覺得頭暈腦脹。想必那些死在洞裏的人，都是被這怪物所吐的煙霧毒死的。

幾個人擠在狹窄的洞道口，誰也退不回去，眼看著全都要喪身怪物之口。當務之急，就是儘快把怪物引開。

苗君儒騰起身子，左腿在岩壁上踢了一腳，借力在空中翻了一個筋斗，騎到了怪物的身上。揮起右拳，由上自下一拳擊在怪物的頸部。

那怪物發出幾聲巨吼，三個嘴裏噴出更多煙霧。左右兩個頭往背上仰，同時噴出一大股腥臭黏液。苗君儒早有防備，在那兩股黏液未及身時，已落在地上。

他這麼做，是要激怒這怪物，轉移怪物的注意力。正如他所希望的那樣，怪物真的被他激怒了，轉過頭朝他撲來。

他仗著多年來練就的武術功底，與這怪物遊鬥起來。可這麼一味地遊鬥，也不是辦法，眼看著躲進窄洞中那幾個士兵手上的火把，漸漸地熄滅了。為今之計，就是殺死這怪物，取出怪物嘴裏的那顆珠子。

可是怎麼樣才能殺死這頭怪物呢？

他從骸骨中撿起一把彎刀，這把藏軍的彎刀，不知道在洞裏躺了多少年，刀身都已經鏽透，輕輕一揮便斷為兩截了。

怪物的外皮堅硬如鐵，連子彈都打不透，用什麼辦法才能對付呢？躲閃之際，他找遍了周圍的地方，也找不到一件可用的兵器。

這一撲一閃之間，好幾次都險象環生，再這麼遊鬥下去，一旦他氣力不支，稍有疏忽便會命喪怪物之口。

他望著怪物一次次張開的血盆大口，腦中靈光一現，對躲在窄洞裏的士兵喊道：「丟兩顆手榴彈過來！」

兩顆手榴彈臨空拋了過來，苗君儒趁怪物撲上來的時候，側身閃到一邊，已將那兩顆手榴彈接到手裏，迅速擰開柄蓋，扯開了一顆手榴彈的拉弦，只等怪物張嘴撲上來，就順勢丟到怪物的嘴裏。

不料那怪物並未撲上來，而是退到一旁，靜靜地看著他。

這時候，他突然發覺自己犯了一個很大的錯誤，眼前這怪物看上去像恐龍，但智商卻不低。手榴彈在他手中「嗤嗤」地冒著煙，時間容不得他多想，手榴彈從拉弦到爆炸，也就數秒鐘，稍有遲疑就會在他手中爆炸。

他將手榴彈朝怪物扔了過去，不料那怪物卻以一種極快的速度向他撲過來，張開三個血盆大口，同時朝他上中下咬到。他大驚，往後退了幾步，堪堪躲開怪物的襲擊。

「轟」的一聲，手榴彈在角落裏爆炸，帶起一陣塵土和碎冰塊。

不容他再做出反應，怪物已經跟隨而上，速度之快出乎他的想像，轉眼間，一張小口已經咬住他的褲管，將他扯住，那張大口朝他腰間咬到。

他似乎感覺到了怪物的利齒咬透肌膚的痛楚，驚慌之下，將手中的那顆手榴彈塞進了怪物的大嘴。

那怪物放開苗君儒，退了幾步，把頭一甩，將口中的手榴彈甩出，低吼一聲，復又撲了上去。苗君儒又退了幾步，退到一處角落裏。

怪物慢慢逼了過來，看樣子，怪物並不急著進攻，而是尋找最佳的時機發起突襲。幾番較量下來，怪物也認為面前這個人不好應付，不再像先前那麼猛撲猛咬，而是穩步緊逼。

「苗教授，注意！」一個士兵衝了過來，朝苗君儒丟過去兩顆手榴彈。他正要退回去，不料那怪物的尾巴一掃，已將他掃倒在地。

苗君儒已經抽空接到那兩顆手榴彈，正要想辦法對付怪物，卻見那士兵在地上滾了幾滾，已經滾到怪物的肚皮下。

那士兵朝身後喊道：「兄弟們，有命回去的話，幫我看看我老婆和孩子！」說完後，他保住那怪物的大腿，拉開了身上幾顆手榴彈的拉弦。一聲巨響，怪物的身下炸開一蓬血雨。那怪物發出痛苦的哀嚎，往地下一伏。

幾個士兵從藏身的窄洞衝出來，來到怪物的身邊，還沒等他們看清眼前的情形，只見那怪物突然縱起身朝他們撲去。有兩個士兵嚇得腿一軟，登時倒在地上，連爬的氣力都沒有了。

那怪物眼冒凶光，朝那兩個士兵當頭咬去。兔子臨死前都要蹬幾腳，更別說這兇狠異常的大怪物了。其餘的士兵嚇得不知道怎麼辦，反應快點的已經端起槍口，對準怪物勾動扳機。但是幾梭子掃過去，絲毫阻攔不了怪物的瘋狂。

說時遲那時快，苗君儒從旁邊掠過來，手中舉著兩顆「嗤嗤」冒煙的手榴彈，飛速塞進怪物的大嘴裏，身體接著後仰，將幾個士兵同時撲倒在地。爆炸聲中，苗君儒覺得腿部一麻，他用手一摸，摸到黏乎乎的液體，知道自己受傷了。

幾個士兵從地上爬起身，見到怪物中間的頭已經被炸飛，那兩個小頭垂在地上，一動也不動。

士兵們面露懼色，再也不敢上前。苗君儒從地上起身，他見士兵手上的最後兩支火把即將熄滅，忙叫道：「你們還愣著幹什麼，趕快用刀剖開牠的肚子，取出那顆珠子！」

一個膽大的士兵拔出刺刀，走過去剖開那怪物的肚子，從裏面取出了那顆珠子。哪知道這士兵手拿著珠子剛走了幾步，還沒來得及說話，身體漸漸僵硬，渾身結了一層冰，凍在那裏了。那珠子在士兵的手中，發出藍白色的光，周邊包裹著一層藍色的煙霧。

苗君儒撕下一塊布，將受傷的大腿包紮起來，來到那士兵的面前，用手碰了一下，頓覺觸手寒冷刺骨。

在這種地方，什麼奇怪的事情都有可能發生，得儘快離開才是上策。

可是，誰敢再碰那顆珠子呢？最後兩支火把已經熄滅，沒有珠子的光線照著，前面的路根本沒法走。

珠子不能碰，但是那被凍住的士兵還是可以碰的。在苗君儒的指揮下，幾個士兵用繩子捆住那士兵，拖著在地上走。

有那珠子的光亮照著，比火把的能見度強多了。大家一步三滑地往前走，還沒走多久，就見珠子越來越小，光線也越來越暗。

苗君儒低聲道：「快走，快走！這珠子是那怪物煉成的內丹，沒有了那怪物，珠子就會消失！」

苗君儒在一個士兵的攙扶下，咬著牙往前走，他大腿上流出來的血已經結了冰，傷口不再流血，但是每走一步，都鑽心的疼痛。

幾個人急趕慢趕，終於在珠子完全消失的時候，看到前面有一縷從上面射下來的陽光，與此同時，他們聽到一陣激烈的槍聲。

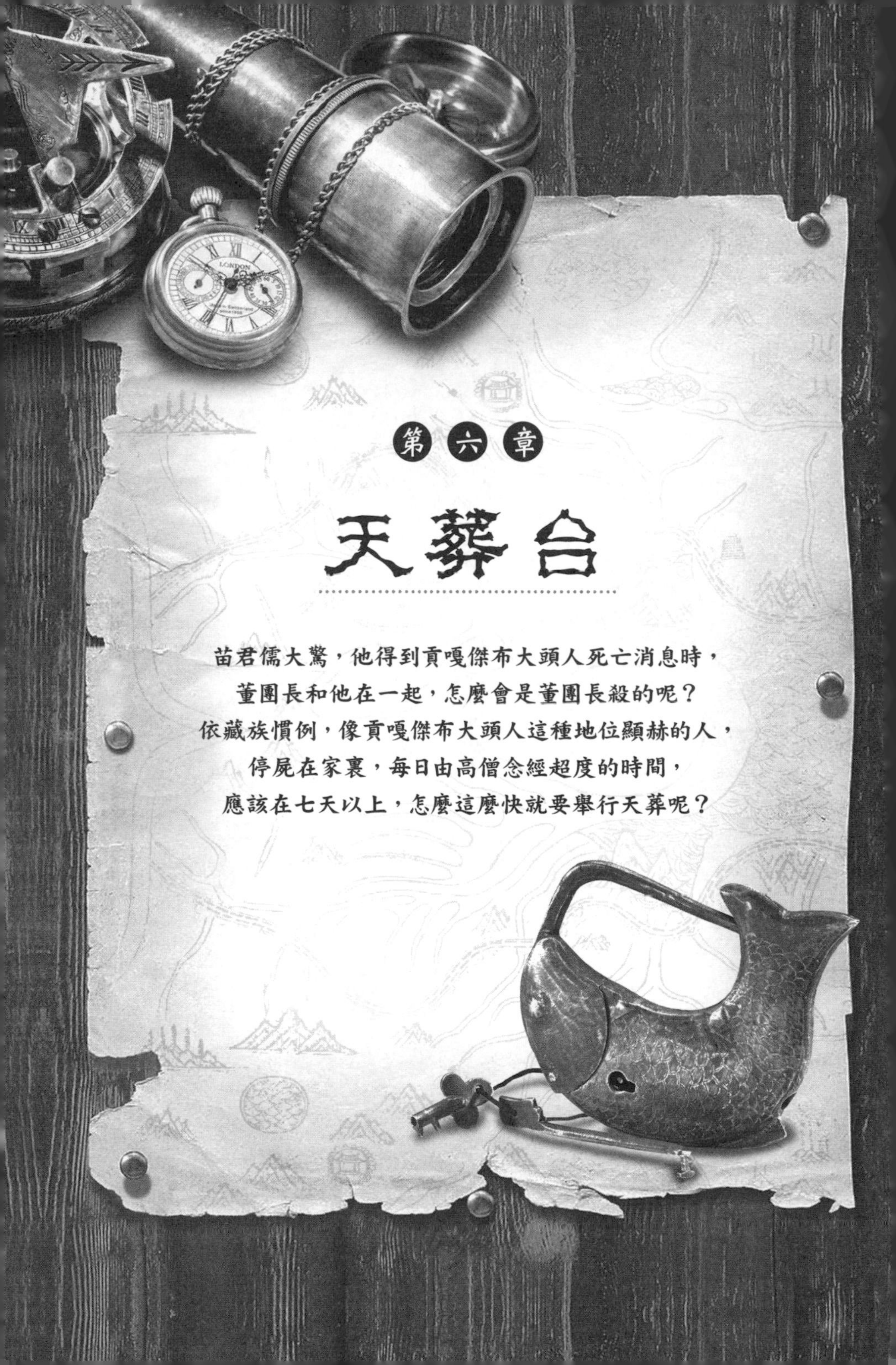

第六章

天葬台

苗君儒大驚，他得到貢嘎傑布大頭人死亡消息時，
董團長和他在一起，怎麼會是董團長殺的呢？
依藏族慣例，像貢嘎傑布大頭人這種地位顯赫的人，
停屍在家裏，每日由高僧念經超度的時間，
應該在七天以上，怎麼這麼快就要舉行天葬呢？

天亮之前，山口那邊陸續派了幾股人下來，都被守在山坡下的士兵用子彈趕了回去。

康禮夫和劉大古董兩人，在林正雄和幾個黑衣漢子的保護下，就著羊皮墊子睡了一個短覺。

董團長一看天色漸漸亮了，山口那邊還是沒有傳來槍聲，面色漸漸凝重起來，他把剩下的十幾個士兵叫到一起，沉重地說道：「兄弟們，你們跟著我這麼多年，也沒撈著什麼好，說實在的，我覺得對不起你們。我答應了康先生，等下就帶人衝上去。」

一個士兵叫道：「團長，我們只剩下三發炮彈，就這麼衝上去，不明擺著去送死嗎？」

董團長黯然說道：「來的時候胡專員對我說，就算我沒命，也要保康先生的安全！」

那個士兵說道：「大不了我們陪康先生回去，從另一條路走！」

董團長說道：「你們沒看那個姓林的，是用什麼眼神看我們的嗎？他那意思很明白，就是說老子不賣力。老子想過了，我們這趟出來，就是送死的，早死遲死都一樣，與其死在西藏那邊，沒有人收屍，還不如死在這邊，運氣好的話，還能被友鄰部隊的兄弟送回去！」

駐守在雀兒山的西康軍隊，每隔一段時間都會派人回西康押送軍需過去，只要看到他們屍體上的軍服，就一定會把他們的屍體送回去。

董團長接著說道：「兄弟們，誰不願意跟我衝的，主動舉手，我不勉強你們！」

十幾個士兵沒有一個舉手，一個年紀最大的士兵說道：「團長，你當兄弟們都是貪生怕死的孬種麼，自從穿上這身黃皮子軍裝的那天起，這條命就不屬於自己的了！團長，你帶著兄弟們衝就是，誰要是皺一下眉頭，就不是人養的！」

其他士兵也大聲附和。

康禮夫覺得過意不去，走過來說道：「董團長，我看還是不要白白去送死，跟我一起往回走，回甘孜後再多召集些人，從別的路繞過去！」

他想得很清楚，就算董團長他們衝上去送死，也不濟事，更何況，往回走的路上，難免會遇到山匪，單憑林正雄和那幾個黑衣漢子，是沒有辦法應付的。

既然康禮夫這麼說了，董團長也不好說什麼，正要吩咐士兵打點行裝，大家一齊往回走，卻突然聽到山口那邊傳來槍聲，驚喜道：「他們已經穿過去了，兄弟們，還等什麼？」

十幾個人提著槍呼啦啦地衝到山口那月亮形的拐彎處，董團長定睛看去，見前面山口那裏槍聲陣陣，仔細一看，卻見山匪和山匪之間對起火來，雙方打得不亦樂乎，當下大喜，對正在架設迫擊炮的士兵叫道：「把剩下的炮彈全給我打出去！」

幾發炮彈呼嘯著飛過去，落在山匪的人群中，登時炸死了十幾個。沒有了那兩挺機槍的威脅，十幾個士兵在董團長的帶領下，一鼓作氣衝了上去。

他們這麼一衝，守在山口的那些山匪頓時像潮水一般退了下去。董團長站在山口頂端，望著那些逃走的山匪，他有些想不明白，這些山匪怎麼會起內訌呢？直到他遇到一個人，才弄清楚內情，原來所有的事情，都有一個人在背後控制著。

一個士兵往山口下方走了一段路，下了一個陡坡，看到了正在往外冒白氣的洞口。他還沒走到洞口邊上，就見從下面爬上來一個人，正是進洞去的幾個士兵之一。

苗君儒回到了地面，躺在那裏休息。從洞裏出來的幾個士兵，早已經把在裏面遇到的事情，對董團長說了。

董團長上前看了苗君儒腿部的傷，低聲道：「要儘快把彈片取出來，否則一旦傷口發炎，你這條腿就廢了！」

苗君儒說道：「我那包裹有工具，等下你用工具幫我把彈片取出來，上點藥就沒事了！」

董團長忙吩咐幾個士兵下山去拿苗君儒的包袱，順便把康先生也接上來。沒多一會兒，就見林正雄拎著一個帆布包就疾步跑上來，到苗君儒身邊後，急切地說道：「苗教授，你的腿沒事吧？」

苗君儒微笑道：「沒事，你當過特種兵，知道該怎麼做，還是由你來吧！」

董團長冷冷地看著林正雄，說道：「之前沒見你怎麼對苗教授好，想不到現在倒獻起殷勤了！」

林正雄不顧董團長的冷嘲熱諷，低頭撕開苗君儒的褲管，仔細檢查起傷勢來，見手榴彈的彈片深陷在肉裏，便道：「苗教授，我馬上給你動手術，只是沒有麻藥，會有些痛！」

苗君儒說道：「放心，我熬得住！」

林正雄從帆布包裏取了工具，其實就一把小刀和鉗子。他將小刀和鉗子用火消了毒，小心把傷口結成冰的血塊除去，慢慢向裏挖。傷口不斷有血湧出來，流到地上。苗君儒的額頭溢出豆大的汗珠，咬著牙面不改色地望著遠處白色的雪山頂。

董團長焦慮地望著林正雄，說道：「苗教授是為了救我的兄弟才弄成這樣的，你要是不把他的傷弄好，我饒不了你！」

林正雄深吸一口氣，頭也不抬地說道：「你安靜點好不好，別給我添亂！彈片就在大腿動脈血管的旁邊，稍不留神就會碰到！」

董團長聽林正雄這麼說，忙走到一邊去了。康禮夫和劉大古董在幾個士兵和黑衣漢子的保護下，從下面慢慢走了上來。

林正雄用刀子割開彈片旁邊的肌肉，用鉗子夾著那塊彈片，一點點地拔了出來。他望著這塊一寸多長的彈片，剛說了一句「好險！」卻見苗君儒臉色蒼白，已經痛得暈了過去。他利索地包紮好傷口，起身對走過來的康禮夫說道：「康先生，彈片已經取出來了，人沒事，只是無法走路，得抬著走！」

董團長早命人去山口下邊的森林裏砍了一些樹枝過來，做成一個簡易的擔架，他和一個大個子士兵抬著苗君儒走。

那些山匪早已經不知道跑到什麼地方去了，一行人起身，緩緩地朝雀兒山而去。扎布牽著一匹騾子，走在最前面。當他們一行人來到西康軍隊的駐紮營地時，已是傍晚時分。

董團長與駐守在這裏的馬團長認識，雙方見面時，馬團長解釋說早就聽到了死人口那邊的槍聲，但他們的任務是守住山口，若沒有上級的指示，是不敢擅自離開的。

董團長並沒有責怪馬團長他們的意思，每支軍隊都有各自的任務，軍紀如山，誰也不敢亂來。

苗君儒和幾個受傷的士兵在這裏得到很好的救治，身體恢復了不少。兩天後，他們補充了一些糧食和彈藥，留下了那幾個受傷的士兵，另外再向馬團長要了十幾個身強力壯的士兵，啟程往西藏而去。

董團長照例和那個大個子士兵抬著苗君儒，不同的是，他們換了一副軍隊裏專用的擔架，抬起來輕鬆多了。

康禮夫和劉大古董他們騎著馬走在最前面，董團長卻落到最後。走過一道山梁，董團長看著前面的人走遠了，才低聲對苗君儒說道：「苗教授，我覺得那個姓林的有問題！」

苗君儒問道：「你覺得有什麼問題，他可是康先生的人！」

董團長神神秘秘地說道：「有一件事我沒有對你說，你還記得我手下那兩個被吸乾血的兄弟麼？」

苗君儒問道：「怎麼了？」

董團長說道：「就在我們留在馬團長他們這裏的兩天中，他們有兩個士兵死了，死狀和我那兩個兄弟一樣！馬團長怕事情鬧大，沒敢對外人說。」

苗君儒驚道：「可是這和姓林的有什麼關係？從你那兩個兄弟頸部的傷口看，我懷疑是被什麼吸血怪獸咬的，當然，也可能是殭屍。你也知道，殭屍走路是僵硬的，而且只能夠晚上出來，可那姓林的是個大活人！」

董團長說道：「你知道不知道他在給你取彈片的時候，用舌頭去舔刀頭上的血，還一副津津有味的樣子。還有這一路上，我發現他從來沒有吃過東西！」

苗君儒這才想起，自從見到林正雄的那一刻起，他就沒見對方吃過東西。每當大家一起吃東西的時候，總是不見林正雄，也不知道做什麼去了。他想了一會兒，說道：「你懷疑他不是人？」

那個高個子士兵說道：「他還真的不是人，他帶著我們衝上去的時候，我看著他冒著那些山匪的子彈爬到上一層，本來已經上去了的，可不知怎麼他又下來了，還傷了手臂。才隔了沒多久，他那受傷的手臂居然一點事都沒有了！要是正常人，最起碼也得上十天吧！」

這麼一說，苗君儒也覺得林正雄有些不正常，他說道：「你們知道就行，不要說出去，以後多注意他一點！」

過了雀兒山，走過一條狹長的山谷，前面就是藏軍控制的地盤。

剛走到一處山腳下，就聽到一陣急促的鼓聲，走在最前面的嚮導扎布，頓時變了臉色。

兩邊的山上出現了許多身穿藏袍的藏軍，從山上下來一隊騎兵，朝他們直衝過來！

一些士兵驚慌起來，正要轉身往回跑，卻聽到林正雄高聲叫道：「怕什麼，他們是康先生的朋友！」

跟著康禮夫的劉大古董拍馬上前，在距離對方兩百米的地方下了馬，手裏平端著一條潔白的哈達。

那一隊騎兵衝過來後，全都勒馬停在旁邊，從山上又下來幾匹馬，騎馬走在最前面的，是一個五六十歲乾瘦的老頭子，看模樣和一身打扮，就知道他是貴族家的管家；他身後有兩個人，那年紀大點的約莫四十多歲，頭戴牛皮藏帽，左耳戴著一串鑲金鑽石耳墜，右耳戴著松耳石耳墜；上身穿五色藏族錦袍，披著一條貂皮披肩，脖子上掛著幾串紅綠相間的珠子，腰束金絲緞腰帶，別著一把兩尺長的藏刀，還掛了兩個金線荷包，足穿長筒翻毛牛皮蹬紅雲繡靴；左手大拇指上戴著一個翡翠玉扳指，抓著馬韁。

在中年人的身後，跟著一個二十歲出頭的年輕人，那年輕人則穿著灰色羊皮藏袍，套著一件錦緞質地的大領無衩小袖衣，長髮用五彩繩綰在腦後，髮髻上簪著紅寶石飾物，左耳戴著紅寶石珠墜，右耳掛著一串小珍珠。與老年人不同的是，他腰裏除了插著一把藏刀外，還別著兩支盒子槍。

在他們的身後，跟著四個背著長槍，腰裏插兩支短槍的彪形大漢。

這兩人來到劉大古董面前，下馬後接過哈達。那中年來到劉大古董的面前，用漢語流利地說道：「劉先生，我們終於見面了！」

劉大古董哈哈笑道：「是呀，是呀！貢嘎傑布大頭人，我們有好幾年沒見了！」

康禮夫托著哈達一步步走過來，當劉大古董把康禮夫介紹給貢嘎傑布時，貢嘎傑布忙躬身行了一個禮。

雙方相互敬獻過哈達，康禮夫接過貢嘎傑布遞過來的一碗酒，先用右手無名指沾點酒，向空中、半空、地上彈三下，然後喝了一小口。貢嘎傑布拿著羊皮酒囊，把碗倒滿，康禮夫再喝了一小口，貢嘎傑布又把碗倒滿。康禮夫這樣喝完三次，最後一口把碗中的酒喝光了。

貢嘎傑布哈哈笑道：「康先生，我接到劉先生電報之後，帶著人在這裏等了五天！來，這是我兒子索朗日扎，他會陪著你們去的！」

索朗日扎走上前，朝康禮夫施了一禮。

康禮夫上下打量了索朗日扎一番，對貢嘎傑布說道：「虎父無犬子，想不到貢嘎傑布大頭人年紀輕輕，就有一個這麼勇猛的兒子！」

寒暄過後，康禮夫把手一揮，早有士兵把那十箱阿司匹林抬了過去。他微笑道：「貢嘎傑布大頭人，這裏有十箱阿司匹林，不成敬意！」

「想不到我的漢族朋友會送我這麼貴重的禮物！」貢嘎傑布笑道：「康先生，我用自己的生命保證，我們之間的合作，一定會很愉快的！」

他上了馬，將大手一揮，早有騎兵在前面帶路，往山上走去。康禮夫的人則跟在藏軍的後面。

苗君儒躺在擔架上搖搖晃晃的，到達昌都是在兩天後，中途在江達和妥壩歇了兩晚，都有這兩地的小頭人接待，倒也平安無事。

後來他才知道，貢嘎傑布大頭人是這一帶身分和地位最高的大土司，從雀兒山那邊開始，一直到念青唐古喇山東邊的地盤，都是貢嘎傑布大頭人家的。這位大土司家擁有十幾萬藏軍，幾十萬奴隸，還有數不清的牛羊。光供養的黃教寺院，就達二十座以上。

到了昌都，他和董團長以及那些士兵被安排在驛館中，而康禮夫他們幾個人，則被請到貢嘎傑布家那豪華的府邸裏去了。

董團長來到苗君儒的房間裏，關上門低聲說道：「苗教授，昨天晚上又有人死了，是藏兵，和我那兩個兄弟一樣，都是喉嚨被咬了一個大口子，血都被吸光了！」

苗君儒問道：「你注意林正雄沒有？」

董團長說道：「我專門派了兩個弟兄跟著他，沒發現什麼異常情況！」

苗君儒問道：「既然這樣，藏兵又是怎麼死的呢？」

「這就不清楚了！」董團長靠近苗君儒，接著問道：「苗教授，你告訴我，你們是不是去尋找傳說中的寶石之門？」

苗君儒問道：「你是怎麼知道的？」

尋找寶石之門的事，沒有幾個人知道，他也從未向董團長透露過半點。

董團長說道：「是我的兄弟在監視林正雄的時候，聽康先生他們對貢嘎傑布大頭人說的！」

苗君儒點頭道：「是又怎麼樣？」

董團長說道：「寶石之門只是藏族傳說中的地方，千百年來，尋找寶石之門的人都有去無回。我帶著手下兄弟跟著你們去，肯定是去送命的！」

苗君儒低聲說道：「我可以告訴你，康先生就是找到開啟寶石之門的鑰匙，才決定去尋找的！」

董團長瞪著眼睛說道：「這麼說，寶石之門真的存在嘍？」

苗君儒微笑道：「我認為存在，否則不可能有那麼多人去找！」

董團長拍了苗君儒的肩膀一下，說道：「要是真找到了寶石之門，隨便拿幾顆寶石出來，也可以對得起我那些死去的兄弟，他們死了，家人可不能受苦！」

苗君儒笑道：「你這個當團長的，怎麼老是想著你的那些兄弟？」

董團長說道：「我們這些當兵的，可比不上你們知識份子。大家都是吃兵糧的，一起穿一起睡，戰場上捨命相拚，捨死相救，講的就是兄弟義氣。」

兩人正聊得起勁，一個士兵敲門進來道：「團長，剛得到消息，貢嘎傑布大頭人死了！」

苗君儒大驚，他見過貢嘎傑布大頭人，那老頭子的精神狀態很好，身體也不錯，怎麼一下子就死了呢？

董團長問道：「有沒有聽說是什麼原因死的？」

那士兵回答道：「不太清楚！」

董團長的臉色微微一變，對苗君儒說道：「苗教授，你不覺得貢嘎傑布大頭人的死有些蹊蹺嗎？」

覺得蹊蹺有什麼用，有些事情不是他們能夠管得了的。苗君儒仰面往床上一躺，說道：「董團長，難道你還想去弄清楚貢嘎傑布大頭人是怎麼死的？」

董團長說道：「苗教授，貢嘎傑布大頭人是怎麼死的，那與我無關，可是康先生在府邸裏呢，我總不能不管吧？」

苗君儒說道：「你想怎麼管？就憑你手下那幾十個人？貢嘎傑布大頭人突然間死了，那是他們之間的事情，我可不想捲進去！董團長，我覺得這裏面的水可深得很呢，你只是一個受命於上級的軍人，沒必要給自己惹麻煩！」

他說完這番話，意味深長地笑了笑。

董團長呵呵地笑著，用手撓了撓頭，連連說了幾聲「那是，那是！」便隨著那個士兵出門去了。

苗君儒閉著眼睛躺了一會兒，其實他也想弄清楚貢嘎傑布大頭人的死因，只是腿傷未癒，連行走都困難，更別說夜探貢嘎傑布的府邸了。

他知道西藏這邊的貴族和頭人居住的府邸結構大體相同，一般由主樓和前院兩個部分組成。前院多為二層，底層用作倉庫、或作奴隸（朗生）、傭人的住房，有的設置部分客房，接待來客。二層基本上是管家用房以及管家所用廚房，以管理龐大的莊園和財產。主樓居前院之北，一般呈回字形，有三到四層，中間為天井小院。房屋底層主要是各種庫房，諸如鹽庫、糧食庫和釀酒用房。第二層，北側正中，為佛殿，南側為管家會議用房和文件庫，兩側為廚房、主副食倉庫和家俱庫房。第三層和最上一層係主人及親屬用房，有臥室、起居室、經堂、專用經堂、餐室，以及親隨傭人、奶媽的住室等等。

此時的貢嘎傑布大頭人，一定躺在他自己的臥房中。

按照藏族的傳統，當人瀕於死亡時，稱之為「中陰」，守候在旁邊的人設法給那人服下活佛贈給的「聖水」和「聖丸」，在其耳邊呼喚死者生前崇拜的菩薩、活佛的名號，使其修持在心，促使微弱的根識曉悟，接受勸請，憶念死後獲得佛的保佑，然後迅速清理病人身上的所有毛製衣物。一旦斷氣，則用布蓋住面孔，置於原位。

此時，死者的親屬不可觸摸死者的遺體，以免干擾最後的死亡歷程，直到「中陰」身完全脫離世間肉身為止。信仰佛教的藏民，相信死亡僅僅是從一個世界進入另一個世界的過程。死亡不過是人體這種物質覆滅而已，即使肉體雖已變成石或土，但靈魂是不會死的。因此，一般認為這個歷程大約需要三至四天，這也是親朋好友前來哀悼的時間。

當然，最重要的就是請高僧來主持「普哇」儀式（即超度靈魂），儀式舉行時，死者身邊除了高僧外，不得有旁人在場。將房門和窗戶關上後，在這個寂靜的空間裏，高僧把攜帶的「壇城沙粉」（藏傳佛教認為「壇城沙粉」是用土、水、火、風、香、味、觸、飾混合而成）倒一點在死者頭部囟門上，盤腿對坐於屍體，右手持鈴，左手持金剛杵，念誦《中陰救度經》，以超度死者的亡靈。

舉行「普哇」儀式的目的，是通過誦經後的法力在死者頭蓋骨的囟門上開一個小孔，讓靈魂從孔中出走，脫離世俗輪迴，擺脫死者生前對親友及財產的依戀之情，避開中陰界各種魔障，免受妖魔的折磨，使死者來世投胎於極樂世界或轉生為人。

儀式舉行後，才可搬動屍體。此外，家人帶著寫明死者死亡時辰、生年屬相及配偶、子女生年屬相的書文到占星喇嘛處占卜星相，決定屬什麼屬相的人可以接近或接觸屍體，以何種葬法處理屍體，出葬時間、停屍期間需誦的經文及出葬吉日，七七四十九天內舉行何種佛事儀式等。

如果貢嘎傑布大頭人是突然暴斃的，就屬於「惡死」，用藏族佛教的觀念解釋，就是死者生前造下了許多罪孽，才導致有「惡死」的結果。那麼，就絕對要舉行佛法會，請幾十乃至數百高僧念經做法，以消除死者的罪孽。

苗君儒懶得去多想，喝了幾杯放在桌子上的酥油茶後，迷迷糊糊的睡了過去，也不知是什麼時候，一個士兵衝進來把他叫醒了。

那士兵驚慌失措地叫道：「苗教授，不好了，出大事了！」

苗君儒欠起身子，發覺已經是晚上，他打著哈欠問道：「出什麼大事了？」

那士兵說道：「你自己看吧！」

苗君儒也聽得外面傳來紛雜的聲音，從床上起身走到窗邊，見驛館的外面火把通明，不知什麼時候圍了大批的藏軍，足有上千人。十幾個手持衝鋒槍的西康軍士兵，正守在驛館的門口，不讓藏軍衝進來。

苗君儒問道：「怎麼會這樣？」

那士兵說道：「昨天晚上我們團長帶了兩個人出去，就一直沒有回來，今天一大早，那些藏軍就把這裏圍起來了。」

「你說什麼，今天一大早就被藏軍圍住了？」苗君儒說道：「我不久前才和你們團長說過話呢！」

那士兵說道：「苗教授，你知不知道你從昨天下午一直睡到現在呢；在這之前有人來叫過你，可怎麼叫都叫不醒！」

苗君儒大吃一驚，登時清醒了許多，記得睡覺之前喝了幾杯酥油茶，沒想到這一睡就睡了這麼久。糟糕，酥油茶有問題！他朝桌子上望去，只見原本放在上面的那罐酥油茶不見了。昨天送這罐酥油茶進來的，是一個四十多歲的藏族男人，他以為是驛館裏的人，也就沒有在意。沒想到居然會「中招」，那個人為什麼要這麼做，難道僅僅是讓他睡一覺嗎？

他想了一下，問那士兵：「康先生他們呢？」

士兵回答道：「從我們住在這裏開始，就一直沒見他們，不知道他們怎麼了！我們想叫扎布出去打聽情況，可他出去後，也一直沒有回來！昨天晚上，我們都聽到土司府邸裏面有槍聲傳出來！」

苗君儒說道：「你去告訴其他人，不要輕舉妄動，我會想辦法的！」

那士兵離開後，苗君儒坐回床邊休息了一會兒，頭還是有點漲，外面的紛雜聲不斷傳來，情勢劍拔弩張，大有一觸即發之勢。不管怎麼說，董團長和那些士兵畢竟是負責保護康禮夫的，以康禮夫與貢嘎傑布大頭人的關係，不應該會鬧成這樣。

他正要出門去看，就見門外進來兩個人，其中一個是剛才出去的士兵，另一個則是他們的嚮導扎布。

那士兵一進門就說道：「苗教授，扎布回來說，貢嘎傑布大頭人是被董團長殺死的，索朗日扎已經發下話，要董團長為貢嘎傑布大頭人陪葬，明天一大早，就要舉行天葬！」

苗君儒再次大驚，他得到貢嘎傑布大頭人死亡的消息時，董團長和他在一起，怎麼會是董團長殺的呢？再說，依藏族的慣例，像貢嘎傑布大頭人這種地位顯赫的人，停屍在家裏，每日由高僧念經超度的時間，應該在七天以上，怎麼這麼快就要舉行天葬呢？

他想著董團長對他說過的話，昨天晚上董團長帶人偷偷進入貢嘎傑布大頭人的府邸，想去救康禮夫他們幾個人，沒想到卻被別人算計了。

難道是有人設計故意陷害董團長？那個人會是誰呢？

那士兵急道：「苗教授，你趕快想辦法，天一亮，董團長就要被他們……」

苗君儒思索了一會兒，說道：「你去對外面管事的人說，我要求見一見索朗日扎！」

那士兵出去沒多一會兒就回來了，說道：「他們根本不理我們，也沒辦法衝出去，怎麼辦？」

「那就找一套藏袍來，我想辦法混出去！」苗君儒拿出懷錶一看，已經是凌晨四點多鐘，離天亮沒多長時間了，他問扎布：「你知道天葬台在什麼地方麼？」

扎布驚恐地點了點頭，說道：「我們上不去的！」

苗君儒說道：「先出去再說！」

那士兵很快弄來了一套藏袍，苗君儒穿上之後，還挺合身的，這麼一打扮，若不仔細看，還真看不出與普通藏民有什麼不同。他在那士兵的耳邊低聲說了幾句，那士兵皺著眉頭出去了。

扎布問道：「苗教授，你叫他去做什麼？」

苗君儒從帆布包裹拿出一樣東西，說道：「等下我跟你出去就是！」

他的話音剛落，就聽到外面傳來叫喊聲。他走到窗邊一看，見守在門口的西康軍士兵和那些藏軍打起架來了，雙方推推搡搡拳打腳踢，頓時亂作一團。

他對扎布說道：「走！」

兩人下了樓，混入人群裏，拚命擠過藏軍的隊伍，很快消失在黎明前的黑暗中。

天葬台就座落在離昌都不遠一座石山的半山腰上，苗君儒跟著扎布來到山下時，天色已經微明，他們藏在一塊岩石後面，見前面那支上千人的龐大隊伍，正緩緩移動著。

走在最前面的，是上百個手拿法器和旗幡，身穿絳紅色的長裙和袈裟的年輕喇嘛。年輕喇嘛的後面跟著幾十個身穿黃色袈裟，手拿經筒，低頭念經的老年喇嘛。在這些喇嘛的後面，有十幾乘十六人抬的敞床大轎，每乘大轎上都坐著一個頭戴黃色雞冠形僧帽，身穿黃色袈裟，披著金線貂毛壓邊僧袍的活佛。

每個抬轎的都是年輕的喇嘛，步伐穩健有力，行走次序有條不紊。

一大隊藏軍緊跟其後，有騎兵也有步兵，分為兩隊。五花大綁、嘴裏塞著棉布的董團長，被兩個身體健壯的壯漢拉扯著往前走。

緊跟著藏軍的那些人，從服飾上看，便知是貢嘎傑布大頭人的親戚，具有一定的身分和地位。在這些人的後面，是穿著各色藏袍的普通藏民，一個個低著頭，手裏拿著點燃的藏香或者經筒，步履緩慢地往前走。

苗君儒他們跟過去混在人群中，可是還沒走出幾十米，就見前面被藏軍堵住，不讓人再往前走了。那些藏民全都匍匐下來，把香插在土裏，面向山上跪在地上磕頭禱告著。

扎布跪在那裏，說什麼都不肯往前走了。

苗君儒彎著腰在人群中靈巧地穿梭，由於腿傷的緣故，走得並不快。往上走一段路，剛一抬頭，就被兩個藏兵攔住，隨即雙臂被人抓住。

他不想掙扎，坦然摘掉帽子，大聲叫道：「我知道大頭人是怎麼死的！」

一個軍官模樣的人走過來，拔出槍對準苗君儒，用漢語說道：「你是什麼人？」

苗君儒大聲道：「帶我去見索朗日扎，我有話要對他說！」

那軍官的臉色一變，說道：「你們漢人沒有一個好的，我先斃了你！」

苗君儒一見那軍官要開槍，他可不想白白死在這裏，正要運力將抓住他手臂的兩個藏兵甩開，就聽到上面傳來一個男人的聲音：「把他押上去，給大頭人陪葬！」

那軍官憤憤地把槍收起來，揮了揮手，衝過來幾個藏兵，一齊押著苗君儒往上走。

山路崎嶇不平，苗君儒每走一步，腿傷之處都疼得很厲害，他咬著牙一步步往上挪，沒多一會兒就來到了半山腰。

所謂的天葬台，其實就是一處數百平米大小的平地，此時平地上圍搭著二處大小像籬笆式的方形帳子，四周掛著無數各具顏色的布條和各式彩帶，圍著紅、白、藍三色布，掛有藍、白、紅、黃、綠五色布條做成的幡。平地的中間有一堆大石頭，石頭旁邊還豎著一根一米多高的石樁。其中一塊最大的石頭上，放著一捆白布包著的東西，裏面應該就是貢嘎傑布大頭人的屍體了。那些喇嘛分成三排，圍坐在大石塊的周圍，雙手合什低頭誦經，莊嚴而渾厚的念經聲，在石台的上空久久飄蕩。

幾個穿著土黃色僧袍的「熱甲巴」（藏語：意思為天葬師），脫掉袈裟，戴上僧人專用的藏式三角口罩，身上纏件深黑色袢襖，在石台的旁邊燒火煨桑煙。董團長被兩個壯漢壓跪在石台下，不屈地掙扎著。

天空中出現了禿鷲的影子，而且越來越多。這些具有靈性的神鷹，即將履行其神聖的職責，帶走死者的肉身，贖去死者身前的罪孽，使靈魂早日得到解脫。

幾個穿著青色藏袍的壯漢擁著一個老頭子走了過來，那老頭子約莫七十歲左右，頭戴高頂狐皮帽，身穿質地精細，繡有龍、水、魚、雲等紋飾的五色蟒緞藏袍，披著一件貂皮披肩，下穿雲紋金絲線大褂；腰束牛皮金絲緞腰帶，上面別著一把短刀，還有一些裝飾品，足穿低筒牛皮靴；右耳戴松耳石，左耳垂長耳墜。左手上撚著一串紫檀木佛珠；濃眉長鬚深目，舉止豪邁，不怒自威。

苗君儒身後的幾個士兵壓著他的肩膀，想讓他跪下，但他卻運足了氣，硬挺著不跪。

老頭身邊的一個壯漢用漢語呵斥道：「你這個下賤的漢人，見了我們丹增固班老頭人還不下跪？」

苗君儒暗暗一驚，他以前就聽說過這位老土司的傳奇故事，被藏民們譽為「雪山之鷹」。老土司年輕的時候，只是一個世襲的小土司，他縱橫念青唐古喇山以東的大片草原，多次率部與清軍交戰，曾獨自一人深入清軍大營，斬獲清軍將領的首級。清廷久戰不贏，無奈只得封丹增固班為昌都地區的大土司。

他冷冷地望著丹增固班，說道：「這麼說，你就是貢嘎傑布大頭人的父親了？」

那幾個士兵見苗君儒這麼沒有禮貌，揮起槍托就要往他身上砸，只見那丹增固班的眼睛一瞪，把手輕輕一揮，那幾個士兵嚇得退到一邊去了。

丹增固班走到苗君儒面前，沉聲問道：「你是誰，為什麼要來送死？」

苗君儒也不答話，挺直了腰，從口袋裏拿出一樣東西，平端在手上。是一串佛珠，由三十六顆不規則的珠子串成，珠串中每一顆珠子的色澤都不同，或黃或白，或深或淺，但每一顆珠子在晨起陽光的映照下，泛出一種奇異的七彩光暈。整串珠子泛出的七彩光暈，將苗君儒環罩在其中，遠遠望去，他猶如一尊降臨塵世的神佛。

丹增固班呆呆地望著苗君儒手中的那串珠子，眼中閃現出不可思議的目光，臉上出現異常虔誠的神色，他緩緩跪了下去，匍匐在苗君儒的面前。

那十幾個端坐在敞床大轎上的寺院活佛，也都走下大轎，來到苗君儒面前，虔誠地匍匐在地。

至於那些正在念經的喇嘛，早已經停止了念誦，一個個面向苗君儒匍匐在地。山上山下所有的人，全都匍匐在地，天葬台上如死一般的寂靜，只有翱翔在空中的禿鷲，偶爾傳來一兩聲長鳴。

丹增固班和那十幾個寺院活佛，早已經認出苗君儒手中那串佛珠，是格魯派（西藏黃教）的聖物「舍利佛珠」，更是歷代活佛相傳的信物之一，那三十六顆佛珠其實就是三十六位高僧虹化後留下的舍利子，具有無上的佛法功德。他們也都聽說了，幾年前，轉世靈童遭遇了一夥土匪，幸虧一個漢人出手相救，才保大家無恙。為表示感謝之情，轉世靈童將手中的「舍利佛珠」贈與那個漢人。

在這串黃教聖物的面前，身分地位極為尊貴的老土司丹增固班，也只有下跪磕頭的份，其他寺院中的活佛就更不用說了。

苗君儒收起那串「舍利佛珠」，大聲道：「你們都起來吧，我是個漢人，無需那麼多禮！」

丹增固班從地上爬起來，躬身問道：「你有什麼吩咐？」

苗君儒說道：「你們先把董團長放了，另外，我想看看貢嘎傑布大頭人是怎麼死的！」

董團長身上的繩子已經被人解開了，他衝到苗君儒面前，感恩涕零地說道：「苗教授，想不到你有這麼大的本事，要是換了別人，不但救不了我，還會被他們一起餵了老鷹！」

苗君儒微微一笑，沒有說話，他朝那堆石頭走過去，一大群人跟在他的身後。來到那堆石頭前，他接過「熱甲巴」躬身遞過來的圓形厚背彎刀，割開了捆紮屍體的麻布和繩索。

躺在石頭上的，正是苗君儒日前見過的貢嘎傑布大頭人。此時的貢嘎傑布大頭人，穿著一身灰色的棉布衣服，身體被蜷曲成嬰兒睡覺時的姿勢。致命的傷口在頸部，從傷口的痕跡看，兇器是一把極為鋒利的刀了，而並不像以前死的那幾個人一樣，是咬出來的痕跡。

苗君儒望著丹增固班，低聲說道：「我想單獨和你談談！」

其餘的人都退到幾米開外，苗君儒和丹增固班站在貢嘎傑布的屍體前，他低聲說道：「按藏族的規矩，像貢嘎傑布大頭人這種身分和地位的人，就算非正常死亡，也應該在家中停屍數天，你這麼急著為他舉行天葬，是不是想掩蓋什麼？」

丹增固班回答道：「我已經請人看過，今天是吉日，如果錯過了今天，就要等一個月以上！」

苗君儒接著問道：「索朗日扎是貢嘎傑布的兒子，這種場合之下，怎麼沒有見他？」

丹增固班低著頭，表情非常痛苦和無奈。

苗君儒繼續問道：「你明明知道貢嘎傑布大頭人不是董團長殺的，為什麼要這麼做？」

面對苗君儒的質問，丹增固班跪下來，眼中流淚道：「請你懲罰我吧，我也是逼不得已，否則他們不會饒過我的族人！」

苗君儒忙扶起丹增固班，驚道：「他們是誰？是不是和我一起來的康先生？」

丹增固班搖了搖頭，緩緩說道：「兩年前，阿里那邊的哈桑大頭人，為了搶回被偷走的神物，死在你們漢人的槍下。後來我才知道，我的兒子貢嘎傑布被你們漢人買通，參與了那件事！這兩年來，我一直暗中派人查找那些漢人，想替哈桑大頭人拿回神物，也好替我的兒子贖罪。可是……」

苗君儒說道：「可是你一直沒能找到他們，是不是？」

丹增固班問道：「你怎麼知道？」

苗君儒說道：「搶走神物的漢人當兵去了，而那個帶他們到神殿去的人，卻躲在一間密室裏不出來，是這樣吧？」

丹增固班驚道：「你還知道什麼？」

苗君儒仰頭看了天空飛翔的禿鷲，反問道：「那幾個被你兒子請進府邸的人去哪裏了？」

丹增固班回答道：「他們逃走了！」

苗君儒暗驚，以丹增固班在這一帶的勢力，康禮夫他們那些人絕對不可能有逃走的機會，除非有人幫忙。他立刻想到了沒有出現在這裏的索朗日扎，除了索朗日扎，誰會帶著康禮夫他們一起出逃，而又讓丹增固班投鼠忌器呢？某非？他突然想到一個問題，低聲問道：「是你自己親手殺了貢嘎傑布？」

丹增固班雙手合什，眼中留下兩行老淚，仰頭向天嘴唇微微動著，在祈求天神的原諒。

「你不想再濫殺無辜，所以只派兵圍住驛館，並沒有朝我們開槍。其實那個時候，我就猜到你的苦衷了！」苗君儒沒有再說什麼，他不想再問下去，丹增固班所以那麼做，一定有那麼做的道理，老年的喪子之痛，又有幾個人能體會呢？他不願意再在對方受傷的心口上抹鹽，轉身向山下走去。所到之處，那些喇嘛和藏兵自動讓出一條通道，伏在地上不敢看他。

在他的身後，誦經聲復又響起，一個「熱甲巴」解開貢嘎傑布的腰帶，套住貢嘎傑布的脖頸，固定在石塊旁邊的石樁上，稍作禱告之後，用鋒利的厚背彎刀分別在貢嘎傑布的前額、左右胸部和胸部正中劃出藏文經書真言「唉」、「嘛」、「幫」、「亞」。接下來要做的，就是和幫手一道把屍體劃成小塊，讓禿鷹啄食。除留下少量七七四十九天佛事儀式中必須用的頭蓋骨、頭髮或指甲外，將骨頭用斧頭、石頭搗碎，並用死者的腦髓與糌粑攪拌在一起，讓禿鷹啄食乾淨。

苗君儒一步步走下天葬台，看著跪拜在地的那些藏民驚恐地向後退去，心裏湧起一陣莫名的惆悵，若沒有那串「舍利佛珠」，結果會怎麼樣呢？

一個管家模樣的人迎上前，朝苗君儒敬禮道：「請你上轎！」

十幾個身穿紅色僧袍的壯漢，躬身站在一頂敞床大轎旁邊。像貢嘎傑布家這樣大的家族，是絕不會只有一個管家的。

董團長緊跟在苗君儒的身後，問道：「苗教授，我們要去哪裏？」

他微微一笑，頭也不回地說道：「你認為我會去哪裏呢？」

董團長夜入貢嘎傑布大頭人的官邸，不僅僅是為了搭救康禮夫他們那麼簡單。苗君儒越來越覺得貌似憨厚的董團長，行為方式都顯得很精明，好像還有什麼隱衷。他更想知道的是，是誰在控制著董團長，整件事的背後還有一隻什麼樣的黑手？

第七章

西藏殭屍

血殭將女殭屍護在身下，不讓白光射到，
隨著那梵誦《金剛經》的聲音越來越大，
血殭發出痛苦的嚎叫，身上冒出陣陣濃煙。
只聽得一聲哀嚎，那女殭屍掙脫了血殭的保護，
撲到老喇嘛腳邊，不住地朝老喇嘛磕頭，
口中「嗚嗚」不止，像是在述說著什麼。

西藏殭屍，又稱「起屍」，藏語稱之為「弱郎」。「弱郎」就是指有些邪惡或饑寒之人死去後，其餘孽未盡，心存憾意，故導致死後起屍去完成邪惡人生的餘孽或尋求未得的食物。但必須在其軀體完好無損的狀態中才能實現。如此說來，藏區的葬俗本身給起屍提供了極好機會。

在藏區，尤其在城鎮，不管什麼人死，一般並不馬上送往天葬台去餵鷹，而是先在其家中安放幾天，請僧人誦經祈禱，超度亡靈，送往生等一系列葬禮活動，屍體在家至少停放三至七天後才就葬。若發生起屍，一般都在這期間。

起屍一旦沒有被人制服，長期遊蕩在外面，靠吸人畜的血為生，就成了最可怕的血殭。血殭存在世間的時間越長，就越厲害，一般的法師無法對付，得請寺院的高僧才行！

但是血殭行蹤不定，寺院高僧也無法查其行蹤，很難遇得到。

每個寺院都有一兩個擅於對付殭屍的高僧，這類高僧也習慣游走於西藏各地，尋找殭屍的蹤跡，除魔衛道。

五百年以上的血殭，外貌與正常人無異，混跡在人群中，普通人根本看不出來。唯一與正常人不同的是，血殭只吃血食，不吃熟食。

董團長一直懷疑林正雄不是正常人，但是懷疑歸懷疑，沒有什麼有力的證據，證明林正雄不是人。

苗君儒不想去老土司家府邸，更不願意去臨近的寺院，當他和董團長回到驛館時，見圍在外面的藏軍已經撤去。

康禮夫他們一行人是往哪個方向逃的，沒人知道。

苗君儒回到驛館沒多久，丹增固班就來找他了，還帶來一個長眉素顏的老喇嘛。進門後，那老喇嘛朝他行了佛教三跪九叩的大禮，從貼身處拿出一個白色小瓷瓶，接著解開他包紮在腿上的棉布，露出已經開始發炎的傷口。

老喇嘛小心地拔開瓶蓋，將幾滴藍色的液體倒在傷口上。苗君儒只覺得從傷口傳來一陣陣的涼意，伴隨著一點麻癢。眼見著傷口的肌肉慢慢癒合，不消一個小時的時間，傷口居然完全長上了，連一道傷疤都沒有留下。

老喇嘛退出去後，苗君儒問丹增固班：「剛才給我用的，是不是『神女之淚』？」

傳說神山岡仁波齊（岡仁波齊峰是岡底斯山脈的主峰，在藏語中意為「神靈之山」）上有一神女，每當神女看到人世間的疾苦時，會不由自主地留下藍色的眼淚，這種藍色的眼淚具有很神奇的功效，無論受多重的傷，只要滴上幾滴「神女之淚」，傷口便會瞬間痊癒，完好如初！普通人根本無法見到神女，只有得道高僧才有可能遇到，求得幾滴「神女之淚」。但是這種機緣千年難遇，有關高僧求得「神女之淚」的傳說，還是發生在一千多年前。從那以後，至今沒有人再遇到過。

丹增固班沉默不語，跪在苗君儒的面前。

苗君儒緩緩直起身，說道：「你為了想我幫你做事，不惜求高僧用『神女之淚』為我治傷。說吧，想要我為你做什麼？」

丹增固班啞聲道：「求求你，大活佛，不要讓他們打開寶石之門！」

苗君儒說道：「他們已經拿到了絕世之鑰，說不定也知道寶石之門在什麼地方。千萬別忽略了那個康先生的本事，連你的兒子都在幫他，你想想，西藏那麼多土司和頭人，又有誰沒有被他們買通的呢？要想制止他們的話，恐怕不是那麼容易。」

丹增固班把頭在地上磕得「梆梆」直響，哭道：「你是大活佛，你一定有本事制止他們的！」

苗君儒扶起丹增固班，說道：「好吧，我答應你！」

他打開門，見董團長站在門口。

董團長見苗君儒出來，忙說道：「苗教授，都安排好了，就等你一句話！」

苗君儒似笑非笑地說道：「你好像早就知道我要去追他們？如果我沒有猜錯的話，康先生身邊有你的人，而且沿途留下標記了！」

董團長露出一抹詭異的微笑，朝苗君儒慢慢豎起了大拇指。

三十幾個人騎的全都是高頭大藏馬，這種純種的古西域良馬，體格健壯能奔善跑，而且耐力最好，一晝夜能跑千餘里。

苗君儒胯下那匹白馬，則是丹增固班送給他的，渾身上下沒有一絲雜毛，奔跑起來如同一陣風。

每個人除了身上帶著的東西外，還備了七天的乾糧。其實無須這樣，單憑苗君儒的身分，沿途所有的黃教寺院，都會給予最大的協助。

一行人朝著西南方向而去，出了昌都沒有多遠，來到一道河口的交匯處，在河口左邊的山坡上，有一座以石塊和石板壘成的石頭堆。石頭堆的藏語稱「朵幫」，意思就是壘起來的石頭。「朵幫」又分為兩種類型：「阻穢禳災朵幫」和「鎮邪朵幫」。「阻穢禳災朵幫」大都設在村頭寨尾，石堆龐大，而且下大上小呈階梯狀壘砌，石堆內藏有阻止穢惡、禳除災難、祈禱祥和的經文，並有五穀雜糧、金銀珠寶及槍支刀矛；「鎮邪朵幫」大都設在路旁、湖邊、十字路口等處，石堆規模較小，形狀呈圓錐形，沒有階梯，石堆內藏有鎮邪咒文，有的石堆內也藏有槍支刀矛。

巨大的「朵幫」就是瑪尼堆，也被稱為「神堆」，具有祈福祭天的作用，這些石塊和石板上，大都刻有六字真言、慧眼、神像造像、各種吉祥圖案。

尼瑪堆上懸掛著無數印有經文圖案的五色「隆達」（「隆達」是繫於繩索之上的風幡，直譯即為風馬旗的意思），藍天綠地之間，片片「隆達」隨風飄舞，端是壯麗之極。

董團長縱馬來到瑪尼堆前，下馬從一塊做了記號的石頭下面取出一頁紙，看完後將紙吞入腹中。

苗君儒將這一切看在眼裏，也沒有說話，只拍馬跟著扎布。

董團長來到苗君儒身邊，低聲說道：「苗教授，你好像不開心！」

苗君儒說道：「如果你換成是我，被人逼著去做自己不願意做的事情，會開心麼？」

董團長的目光投向遠處，說道：「你一定想知道我為什麼要深夜帶人進入土司府邸，對不對？」

這個問題苗君儒早就想問，可那是別人的隱私，就算問了，人家也不一定告訴他，所以就一直沒有問。

董團長接著說道：「你想知道我進去後看到了什麼嗎？」

苗君儒說道：「你一定看到了不應該看到的東西，否則老土司不會想殺你滅口！」

董團長沉聲道：「那晚我帶了兩個士兵偷偷進了大頭人的府邸，那府邸很大，我們找了半天都沒有找到康先生他們被關的地方。後來抓住一個僕人，可聽那個僕人說，康先生他們早就已經離開了。我見情況不妙，就想離開府邸，不料被他們發現了！我那兩個兄弟死在他們的槍下，我躲進一棟樓房底層的小房間裏，你猜我在那小房間裏看見什麼了？」

苗君儒忍不住問道：「你看到什麼了？」

董團長說道：「是兩具年輕的裸體女屍，好像剛死沒多久！」

苗君儒「哦」了一聲，像丹增固班這樣的大土司，家裏有無數女奴隸，稍有犯事的，殺死一兩個還是很正常的。但是屍體不會放在家裏，更不會剝去屍體身上的衣物。按藏族傳統，活人非常敬畏死人，除非天葬的時候，由天葬師禱告後才能剝去死者的衣物，以便實施天葬。若是普通人剝去死者的衣物，死者靈魂得不到安息，會變成「起屍」。

董團長接著說道：「我看了那兩具女屍，都很漂亮，從長相上看，不會超過十八歲。我壯著膽子查看了一下，見她們身上沒有任何傷痕，不知道是怎麼死的。不過我覺得奇怪的是，兩具女屍的下身都塞了一截木棍。當時我出於好奇，就把其中一具女屍下身的木棍拔了出來，那木棍的長短粗細，都和男人那東西一樣。木棍拔出來後，那具女屍突然睜開了眼睛。我嚇了一大跳，丟掉木棍就跑出屋子，哪知道一跑出去，就被幾個人死死的按住，接著就捆起來了。」

女屍的下身塞木棍這樣的事，苗君儒還是第一次聽到，莫非土司府邸裏有人的心裏變態，在玩弄了女人之後將人殺死，還在死者的下身塞上木棍？那兩個女人渾身上下沒有傷痕，是怎麼死的呢？他想了一下，硬是沒有想明白是什麼原因。

董團長見苗君儒不說話，便繼續說道：「苗教授，可惜你沒有進土司府邸，你一進去就知道，那裏面黑乎乎的，沒有幾處燈光，顯得非常陰森恐怖，好像一間鬼宅，不是人住的！」

藏族百姓都習慣早睡早起，若不是遇上傳統節日，或是什麼特別的事情，一般都不會點燈。苗君儒笑了笑，說道：「這並不奇怪！我到過一個小土司的府邸，裏面最起碼住著幾十個僕人和管家，一到晚上，照樣黑燈瞎火的。」

董團長說道：「那不同的，我一走進這個土司府邸，心裏就毛毛的，覺得駭人！我們在前面走，總感覺背後有人跟著。要是沒有離開那裏，我還不敢說呢！」

苗君儒說道：「也許那只是一種心理作用！」

董團長說道：「我當兵那麼多年，死人堆裏不知道滾過多少次，可從來沒有那麼害怕過。你不覺得那個老土司和正常人不同嗎？」

苗君儒笑道：「想不到你這趟來西藏，盡是遇上一些不是人的東西。開始你懷疑林正雄，現在又懷疑那個老土司了！人家為了保住神物，連兒子都殺了！」

董團長認真道：「那個老土司為什麼要殺掉貢嘎傑布大頭人，恐怕不僅僅是為了保住神物那麼簡單！憑他的勢力，完全可以派人把神物搶回去，為什麼低三下四地求你？」

苗君儒在離開昌都時候就想過這個問題，正如他對董團長說過的那樣，這件事有著不同尋常的背景，以藏民對神物的崇敬程度，就算飛天鷂他們能夠從神殿中偷出來，只怕還沒有走出西藏，就已經葬身草原了。紅衣喇嘛既然已經找到重慶去了，以密宗高僧們修煉的佛法，可穿梭過去，預見未來，不可能查不出絕世之鑰的下落。丹增固班老頭人能夠用「神女之淚」為他治傷，當然有本事拿回絕世之鑰，之所以求他出面，肯定也是有難言之隱。正如他所料想的那樣，窺視寶石之門的，又何止是漢人呢？

董團長見苗君儒不說話，只得拍馬走到前面去了。這一路上，只要有瑪尼堆的地方，他都會下馬，從一個做了記號的石頭下，取出一張紙條來，看完後吞到肚子裏。

日暮時分，一行人來到一處山坡上，見天空中有幾隻禿鷲在盤旋。遠遠望去，地上倒著一個人。

在草原上，只要看到天空中有禿鷲盤旋，就知道附近一定有人或牲畜的屍體。翻過山坡，果然見到不遠處的草叢中躺著一個人。董團長眼尖，已經看出那人身上穿的黑衣，他發瘋一般縱馬奔過去。

苗君儒他們忙緊跟過去，見董團長抱起的那人，正是康禮夫身邊的那幾個黑衣人其中的一個。這人呈大字型的被綁在四根短樁上，手腳的筋脈均已經被利刃割斷，從傷口流出的血早已經浸透了身邊的草地，片片綠葉上星星點點的紅色，如同開出的一朵朵極為鮮豔的花，煞是美麗。

這人看著他們，痛苦地張了張口，已經說不出一個字。從那些已經凝固的血跡看，他能夠撐到現在，已經是奇蹟中的奇蹟。盤旋在空中的那些禿鷲，就等著他最後咽氣，來享受這無比美味的人肉大餐。

董團長在這人眼神的示意下，從對方口袋中拿出一頁紙來，見上面用血寫著幾行字：苗教授，我一路都會為你留下標記的，別忘了我們之間的約定！

他拿著那頁紙問道：「苗教授，你和他有什麼約定？」

苗君儒淡淡地說道：「幫他找到寶石之門！」

那人見他們已經拿到了紙條，微笑著閉上了眼睛。

苗君儒看著董團長那氣急敗壞的神色，輕聲說道：「人都已經死了，你氣也沒有用。康先生就在前面等我們，難道你不想和他們會合麼？」

這個黑衣人是別人安插在康禮夫身邊的，一路上都給董團長留下線索，不巧被康禮夫的人發現了，才遭此報復。康禮夫也爽快，乾脆留下一封信，說在前面等。在這種情況下，每個人似乎都有各自的使命，就拿董團長來說，雖然是胡專員派來保護康禮夫的，一定還有別的任務。說不定，還有一支人馬跟在他們的後面。

士兵們挖了一個坑，將那黑衣人掩埋了。

夜幕漸漸降臨，大家點起了火把繼續往前趕路，來到一處山谷口，道路分為兩條，一條往谷裏去，另一條沿河岸繼續往前。路邊豎著一塊牌子，上面寫著幾個字：我們從這裏進谷。

在那塊牌子旁邊，有幾個大石頭堆成的石堆，石堆上還擺著幾個牛羊的頭顱，扎布一看到石堆上豎著的旗幡時，頓時臉色大變，忙調轉馬頭叫道：「裏面去不得，去不得！」

董團長問道：「怎麼去不得？」

扎布說道：「裏面有殭屍！」

董團長說道：「有苗教授在這裏，還有我們這麼多人，連雪山上的那個怪物都被打跑了，還怕什麼殭屍？」

說完後，他帶頭往山谷裏衝去，那些士兵緊跟其後。

扎布攔住苗君儒道：「苗教授，你去勸勸他們，千萬不要進去呀，這谷裏的殭屍很猛的，而且還不止一具。寫在木牌上的那些字，是引你們進去送死的！」

苗君儒問道：「山谷裏的這條路是通向哪裏的？」

扎布說道：「和河邊的一樣，都是往藏南去的。但是我聽說山谷裏原來住著一些人，三年前的一天晚上，全被殭屍咬死了，後來有高僧過來，但只收伏了一具殭屍，跑了另外一具最厲害的。從那以後，不斷有人在這個山谷裏被殭屍吃掉。幾個月前，從拉薩那邊又來了兩個高僧，在山谷裏住了一個多月，也沒見著有什麼結果。有膽大的牧民結伴進去，看到了那兩個高僧的乾屍。苗教授，你看那堆『朵幫』，兩顆牛頭上放著一具人頭骷髏，那是警告路過這裏的人，千萬不能進去！」

苗君儒問道：「殭屍不是行蹤不定的嗎？怎麼固定在一處地方呢？」

扎布說道：「我也不清楚！」

「走，我們去追他們！」苗君儒一夾馬肚，往山谷內跑去。

他的馬快，很快就追上了董團長他們，剛將他們攔住，還沒來得及說話，胯下的馬突然嘶鳴起來，任他怎麼拽都拽不住，興許是受這匹馬的影響，其他的馬匹也紛紛嘶鳴起來。

馬是有靈性的動物，周圍肯定有不乾淨的東西，而且就在附近，否則的話，這些馬不可能反應這麼強烈。

董團長也預感到了不祥，忙調轉馬頭，對手下士兵命令道：「回頭！」已經晚了，在他們回頭的路上，出現了一個高大的身影，就站在路中間。董團長二話不說，拔出手槍對準那黑影「叭叭」就是兩槍。

槍聲過後，那黑影並沒有倒下，反倒以一種極快的速度向前面衝來。苗君儒一看情況不對，忙叫道：「大家一齊往前衝！」

那些士兵端起槍，拚命朝那黑影掃射，三十幾匹馬呼啦啦一齊衝過去。

只見那黑影平空掠起，伸出長臂，閃電般從馬上抓了兩個士兵，落在右側的坡地上。

董團長一看這情景，調轉馬頭就要去追那黑影，卻被苗君儒死死拉住韁繩，帶著往前跑。他大聲吼道：「苗教授，那是我手下的兄弟，我不能不管！」

苗君儒叫道：「連西藏高僧都無可奈何，你有什麼本事？」

說話間，一行人已經衝出了山谷。董團長滾鞍下馬，跪在地上對山谷內哭喊道：「兄弟，我對不起你們！」

苗君儒叫道：「此地不宜久留，快走，快走！」

幾個士兵將董團長架上馬，跟著扎布朝河邊那條路而去。走不了多遠，迎面刮起了陣陣大風，將所有的火把吹滅，緊接著大雨傾盆而下。

藏地高原的氣候就是這麼反覆無常的，剛才還是星光滿天，轉眼間就是狂風暴雨，伸手不見五指。

董團長大聲叫道：「弟兄們，跟上，跟上！」

馬匹不停地打著響鼻，倒也給跟在後面的人指明了方向，大家低著頭，緊抓著韁繩冒雨緩緩而行。

苗君儒叫道：「董團長，這樣走不行，得找個地方避雨！」

扎布叫道：「拐過這道河灣，前面有一個牧民廢棄的大屋子，我去年經過這裏的時候，還在那裏面住過呢！」

拐過了河灣，風雨似乎小了許多，在河灣靠山坡的那邊，果然見到一個被牧民遺棄的破屋子，屋子四周那一米多高的木樁擋風牆，也已經殘破不堪，大家下了馬奔進屋內，各自找乾淨的地方坐了下來。

也許是幾家牧民共同的家，所以這屋子並不小，有上百平米，足夠容納他們三十多個人。由於年久失修的緣故，屋頂有幾處地方漏水。不管怎麼樣，總比在外面挨雨淋的好。

有勤快一點的士兵，去外面的擋風牆上拆下一些乾木頭來，到屋裏生火。大家身上的衣服全濕透了，得烘乾才行。

苗君儒見這屋裏的東南角上，似乎還有一個小門。有的藏民習慣在屋裏弄一個小儲物間，用來放一些牛羊的毛皮。他走過去推開小門，見裏面黑乎乎的，也看不清有什麼東西。

屋內生起了兩個火堆，那些士兵脫下濕淋淋的衣服，相互依靠著在火邊烘烤。

董團長走過來說道：「苗教授，還找什麼呢？先烤乾衣服，找一個地方睡一覺，明天再趕路吧！」

苗君儒說道：「沒事，我習慣一個人獨處！」

他點燃打火機，朝小屋裏看了看，隱約見角落裏好像躺著一個人。

董團長笑道：「原來有人比我們還先到了。」他用藏語喊道：「尊敬的客人，請出來烤火吧！我們雖然是漢人，但不是壞人！」

那人躺著不動，一點反應也沒有。

董團長對苗君儒道：「苗教授，有點不對勁！」

苗君儒借著手中打火機的微弱光線，輕輕走了過去，臨近一看，見角落裏有件嶄新的七色花邊羊皮袍，躺在袍內的分明是個藏族婦女。他定睛一瞅，那女的頭已經抬起頭來了，睜著雙目在看他。

他低聲用生硬的藏語說道：「不用怕，我們是好人！你餓了吧，請跟我出來，給你一點吃的！」

那女人也不說話，只拿眼睛盯著他，看得他心裏挺不是滋味。雖說藏族女子生性大方，可在這樣的地方，沒有哪個女人敢這麼盯著男人看。

董團長似乎看到了裏面的是一個女人，笑道：「苗教授，那女的喜歡你，呵呵，我們就不打擾了，你安心休息吧！」

苗君儒覺得這女人的眼神與正常人有些不同，正要仔細看，可手上的打火機卻滅了，連忙說道：「我去外面弄些火來！」

他剛轉身，感覺腳腕上一緊，好像被一隻手抓住了。那手的力氣極大，抓得他的腳腕一陣酸麻，他大驚之下，用力一掙，居然沒掙得開。

他蹲下身，用手去掰開那隻抓住他腳腕的手，可一觸到那隻手，就覺得冰冷僵硬，當下內心一凜，暗叫不好，一腿朝那女人踢過去。

他這一腿並未用全力，而且隱含著幾招變化。對方若是個活人，身體必然是軟的，腿力接觸之後，立即就能夠感覺得出來，瞬間就可以收回腿力，不至於將對方踢傷。可是他那一腿踢過去之後，「碰」的一下，感覺如同踢在木樁上一樣。

他大聲叫道：「你到底是人是鬼？」

他的聲音很大，說的是漢語，明擺著是說給外面那些士兵聽的。在說話的同時，他已經朝前面連踢三腿，身體在地上翻了兩個圈，總算把那隻抓著他腳腕的手甩掉，借勢退到門邊。

董團長和幾個士兵舉著火把趕過來問道：「怎麼啦？」

苗君儒說道：「你們看裏面！」

在幾支火把的光線下，幾個人把小屋內的情形看得清清楚楚，只見一個穿著藏袍，腹部高高隆起的女人，正站在屋角裏，有些畏懼地看著他們。

董團長笑道：「苗教授，一個藏族女人就把你嚇怕了？」

苗君儒說道：「你可看清楚，她是個活人嗎？」

董團長仔細看了一會兒，臉色漸漸變了，那藏族女人膚色發黑，鼻子和嘴巴邊沿還留著一線血跡，那雙眼眶深陷的大眼睛，顯得木訥而詭異，很明顯不是一個活人。

一個士兵禁不住扣動了扳機，一陣槍聲過後，眾人見子彈全射在那藏族女人的身上，這女人並不倒下，反倒「嘿嘿」地笑著，一步一步往前走了過來，步履僵硬。走了幾步之後，仰頭向天，發出幾聲「嗚嗚」的叫聲。

董團長從一個士兵手裏接過兩顆手榴彈，正要扯開拉弦丟過去，卻被苗君儒攔住。

董團長說道：「苗教授，子彈打她不死，我就不信用手榴彈炸她一個粉身碎骨，她還能活著！」

苗君儒說道：「你以為她真的那麼僵硬麼，沒見我們在山谷裏遇上的那具殭屍，動作快得連你都沒有反應過來？只怕你把手榴彈丟過去，她就已經衝到我們面前來了。我堵著門口，趁著她沒有朝我們發起攻擊之前，叫大家趕緊穿上衣服走路！」

幾年前，他去江西考古的時候，遇上了龍虎山的一個道士，攀談之下知道對方是張天師的後人。那個道士教了幾招對付邪魔殭屍的道術給他。（有關苗君儒與張道玄的故事，請見拙作《帝胄龍脈》）

當下，他咬破中指，在左手心畫了一個「掌心雷」。這樣的法術他沒有用過，不知道對這女殭屍有沒有用。他見女殭屍並沒有向前逼來，也不敢冒然使用「掌心雷」，一人一屍就這麼僵持著。

一個士兵叫道：「外面還下著大雨呢！」

苗君儒厲聲道：「你是要命還是想躲雨？」

他的話音剛落，拴在屋子外面的那些馬匹嘶鳴起來。

苗君儒對董團長說道：「她剛才是在呼喚同伴，你們快點，趁著另外一具殭屍沒到之前，騎馬衝出去，能跑多遠就多遠！」

董團長問道：「那你呢？」

苗君儒說道：「你放心，我有舍利佛珠，不會有事的！」

見情勢緊急，董團長也沒有再囉嗦，帶著那些士兵就往外跑，當他們衝到門口時，見外面衝進來兩個人。

是兩個喇嘛。

一老一少，老的約莫六七十歲，穿著紅色僧袍，外披羊毛金絲黃色袈裟，戴著黃色雞冠形僧帽。雙目鮮血淋漓，不知道是什麼原因造成的。年輕一點的約二十歲出頭，同樣穿紅色僧袍，背著老喇嘛，右肩上斜挎著一個大灰布袋。

兩人進來後，年輕喇嘛放下老喇嘛，驚異地看著董團長他們，躬身朝他們施了一禮，急切地問道：「你們這些漢人怎麼會在這裏？」

扎布上前匍匐在那老喇嘛的腳邊，回答道：「我們是為了避雨才進來的！沒想到在小屋子裏面，看到一具殭屍！有佛爺相助，我們就不怕了！」

那年輕喇嘛問道：「是不是一具挺著肚子的女屍？」

董團長連連說道：「是的，是的，你們有什麼辦法收服嗎？」

年輕喇嘛說道：「我和師父一直追蹤一男一女兩具殭屍，直到昨天才發現他們的蹤跡，那具男殭屍引著我們到一個山谷裏，女殭屍趁機逃走了，原來躲在了這裏！」

董團長指著小屋說道：「就在那裏面！」

年輕喇嘛拔腿衝到小屋前，見那女殭屍正與苗君儒僵持著，他不敢有絲毫懈怠，忙雙手手指相扣，結了一個大成佛印，口中念念有詞。在他的手腕之上，出現了一個火球，只聽他念著六字真言，那火球隨著他的佛音，往前射去。

那女殭屍乍一看到火球，突然縱身而起，衝破屋頂，不知道逃往哪裏去了。火球射在牆壁上，炸出一個洞來。

苗君儒還是第一次親眼看到藏族僧人降魔，其所使用的法術，似乎與中原地區的道士，有異曲同工之妙。佛道本是一家，降妖除魔之術，無非是以正義之力對付邪惡。至於所用之功力的大小，就看個人的修為了。

那年輕喇嘛頓足道：「可惜，又讓她跑了！」

坐在地上的那個老喇嘛吼道：「還不快追？難道要等她生下千年屍王嗎？」

苗君儒走過來問道：「你說什麼，千年屍王？」

老喇嘛說道：「是的，千年屍王！你們是漢人，不知道千年屍王的厲害！一男一女兩具殭屍所生下的小殭屍，具有千年魔力，是殭屍之王。若讓牠生下千年屍王來，雪山之下，只怕會血流成河！」

董團長見那老喇嘛說話的時候，口中不斷有血流出來，忙問道：「佛爺，你怎麼了？」

年輕喇嘛說道：「我師父怎麼都沒有想到，那具男殭屍居然是一具千年血殭，我們鬥不過它，才想跑到這裏來找地方躲避，現在那具殭屍應該追過來了！」

一個士兵掏出兩顆手榴彈，悲壯地叫道：「團長，你們先躲在一邊，等那具殭屍追進來，我抱住它之後，和它同歸於盡，我就不信炸不死他！」

老喇嘛似乎聽得懂漢語，搖頭說道：「只怕你還沒有碰到它，就已經被它撕成兩半了？」

董團長急道：「那怎麼辦？」

老喇嘛說道：「只可惜那幾個和我們一起的高僧不知去了哪裏，否則的話，就不怕那具血殭了。我雖然受傷，但以我現在的法力，能與那具血殭對抗一陣子。你們趕快幫忙找到那具女殭屍，殺掉她！絕對不能讓她生下千年屍王！」

說話間，大屋的門口出現了一個身材高大的藏族漢子。那漢子一出現，大家就覺得空氣中瀰漫著一種極為恐怖的氣氛，一陣陣的頭皮發麻，即使天氣寒冷，背上仍不斷冒出冷汗。

那個藏族漢子走進來時的動作一點都不僵硬，外表也與正常人沒有什麼兩樣，不同的是他那雙眼睛，血紅血紅的，令人不敢相視。

那個拿出兩顆手榴彈的士兵，已經扯開了拉弦，大叫著衝上前去。可是還沒等他接觸到那具血殭，頭顱就離開了他的身體。苗君儒他們愣愣地看著這一幕，居然沒看清那士兵是怎麼死的。

從暴縮的脖腔中噴出一道血箭，筆直射入那具血殭的口中。那血殭露出一抹滿意的微笑，身體突然以一種極快的速度衝上前，抓住那士兵的身軀，朝屋外丟了出去。

外面傳來兩聲巨響，還有馬匹嘶鳴的叫聲。那些緊握著槍的士兵，一個個嚇得臉色發白，退到了牆角上。

老喇嘛盤腿在地上，雙手已經結了一個佛印，口中大聲念著六字真言，在他面前出現了一道金色光牆。那血殭似乎想衝過光牆，但衝了幾次都沒有衝過來。他的身體發抖，回頭對那年輕喇嘛叫道：「江白多吉，你還等什麼，帶著他們走！」

原來年輕喇嘛叫江白多吉。

江白多吉跪在地上哭道：「我走了你怎麼辦？」

老喇嘛叫道：「不要管我，快去找那具女殭屍，絕不能讓千年屍王出世！」

那血殭大吼著，一次次地撞在光牆上，發出巨大的「碰碰」聲，似乎隨時都要將光牆撞開。

江白多吉不再猶豫，朝大家招了招手，帶頭從小屋後面的那個牆洞衝了出去。

外面的雨不知道什麼時候停了，眼前瀰漫著很濃的霧氣。由於下過雨，地面上很潮濕，大家分開找，很快就找到了那女殭屍逃走的足跡。江白多吉尋著那痕跡，快步追過去。

大家各自舉著火把，緊跟著江白多吉往前趕。剛走了一會兒，那女殭屍留下的痕跡居然找不到了。

江白多吉辨了辨方向，朝另一邊尋過去。

扎布跟在大家的後面，對董團長說道：「不是說有幾個高僧就可以對付這具血殭嗎？要是有人到前面的度盧寺請來幾位高僧就好了！」

董團長問道：「度盧寺離這裏有多遠？我帶人過去！」

扎布說道：「度盧寺離這裏最少有一百里呢！我們沒有馬怎麼走？就算趕到那裏，可是還不等請來高僧，佛爺都已經……」

董團長突然想起了什麼，對苗君儒說道：「苗教授，你不是有那串舍利佛珠嗎？按藏族的說法，佛珠上每一顆舍利子，那都是一個得道高僧的修為呀！」

苗君儒拍頭道：「哎呀，我怎麼把這事給忘了呢？」

他從口袋裏拿出了那串舍利佛珠，大家見珠串上的每一顆舍利子，在濃霧中放射出五色毫光。

董團長從身上拿出一支短槍遞給苗君儒，有些愧疚地說：「苗教授，我們這些當兵的留下來也沒什麼用，帶著這個吧，雖然不能對付那具殭屍，但對付兩三隻野狼，還是可以的！」

苗君儒拿著那支槍，看著董團長他們漸漸消失在濃霧中。事不宜遲，他拔腿從原路返回。當他進到大屋子裏面時，見那道光牆已經消失，令他感到奇怪的是，那具血殭和老喇嘛都不見了。

他在原地轉了兩個圈，衝出了大屋子，見那幾十匹拴在防風圍牆邊的馬匹也不見了。

這是怎麼回事？

年輕喇嘛帶人去追女殭屍，瞎眼老喇嘛留下來對付血殭，就算是死，也應該有具屍體才對，怎麼連屍體都不見了呢？

他回到大屋裏點了一根火把出來，見那些用來拴馬的木樁上，並沒有殘留的馬韁，地上留下了很多腳印。那些馬是被人牽走的，並不是因為受驚而掙斷韁繩。

他在防風牆邊來回走了幾步，尋思著是什麼人牽走了這些馬。前後連半個鐘頭都不到，那些人的速度怎麼就這麼快？

究竟是些什麼人？

這時候，他聽到一陣急促的馬蹄聲從遠處傳來，他趕緊熄滅火把，閃身躲到大屋的門背後。馬蹄聲越來越近，來到了防風圍牆外，聽得出只有一匹馬。不知道馬上坐著的是什麼人。

他從大屋內小心地走出來，隱約可見馬上並沒有人，那馬在防風牆外來回跑著，發出「恢恢」的叫聲，像是急切的呼喚。

那馬似乎看到了他，從防風牆外衝進來，來到他面前，用嘴去拱他的頭，一副無比親熱的樣子。

好馬就是好馬，這麼通人性。他撫摸著馬，突然間覺得鼻子一酸，眼眶熱熱的，忍不住用手擦了擦。就在他縱身上馬的時候，才發覺馬韁斷了，馬身上還有血跡。

他用手一抹，觸手皆紅。他大吃一驚，忙仔細檢查了一下，可是馬的通身沒有半點傷痕。他醒悟過來，拍了一下馬的脖子，笑道：「老夥計，想不到你是一匹汗血寶馬呀！」

汗血寶馬是傳說中古代西域寶馬，這種馬有極快的奔跑速度和良好的耐力，能日行千里。《漢書》記載，大宛國貳師城附近有一座高山，山上生有野馬，奔躍如飛，無法捕捉。大宛國人春天晚上把五色母馬放在山下。野馬與母馬交配了，生下來就是汗血寶馬，肩上出汗時殷紅如血，脅如插翅，日行千里。由於受很多因素的影響，這種馬已經在數百年前，就從人類的視線中消失了。想不到，他竟然有這樣的際遇，碰上活在史書上的傳奇之馬？

老土司丹增固班求他辦事，不惜以稀世寶馬相贈。

他從昌都離開後，一路騎馬過來，都沒見這馬出汗，怎麼就這一會兒，馬卻出了汗呢？某非在這十幾分鐘的時間裏，這馬用盡力氣一路狂奔，才導致出汗？是誰騎在馬背上，這馬又是怎麼把那人甩下馬背逃走的呢？

他撕下一塊布，將馬轡接了起來。抬頭望了望四周，見霧氣還是很濃。他繞到屋後，想去追董團長他們，可找來找去，竟然找不到半點有人走過的痕跡。

奇怪，剛才走過的痕跡到哪裏去了呢？

他雖是考古學者，但對高原草地上自然現象瞭解不多。高原上的野草生命力極強，即使有人踩過，只要風一吹，就能漸漸恢復原狀，什麼痕跡都沒有了。現在是晚上，霧氣很濃，加上他手上沒有火把，就算草地上有痕跡，也難以看清。

他扯著馬轡在原地打轉，也不知道往哪裏去的好。依稀間，覺得左側有人影一閃，當他定睛望時，哪裏還看得見人影。

他來到大屋前，下了馬之後牽著馬往裏走，顧自說道：「老夥計，今晚我們倆就住這裏，等明天再去找他們不遲！」

按他的意思，那年輕喇嘛不管找不找得到那女殭屍，應該會回來找老喇嘛的，況且這麼大的濃霧，一個人最容易走迷路，要是不小心撞上那具血殭，就麻煩了。那火堆還未燒盡，只要再添上幾根木頭，把火燒得旺旺的，就可以安安穩穩的睡一個好覺了。

他剛走到火堆邊，把幾根木頭添上去，身後的汗血寶馬打了一個響鼻，往後退了一下。他的手抓著轠繩，也被連帶著向後一個踉蹌。

霎那間，他看到左邊小屋的門口站著一個人，忙定睛望去，卻見是那具逃走沒多久的女殭屍。他打了一個哆嗦，怔在那裏。

他翻起左手，見手心上畫的「掌心雷」已經不見了。與殭屍打交道，這不是第一次，十幾年他在湘西的時候，就遇上過不少殭屍，只是那時不需要他出手，有道士會對付。

與內地殭屍不同的是，西藏的殭屍死而不僵，攻擊人的時候，動作迅速而準確。他心裏沒底，不知道那個道士交給他的法術，究竟有沒有用。

那女殭屍用手捂著肚子，一副很痛苦的樣子，眼中盡是哀求與悲憐的神色。

不好，是要生孩子了。

他聽老喇嘛說過，女殭屍生出來的孩子，就是千年屍王。一但千年屍王生下來了，就是十個得道高僧來，也不一定能消滅得了。

他打定主意，絕對不能讓這女殭屍生下千年殭屍來，不管怎麼樣，都要拚死一搏。就在他再一次咬破手指，在左手掌心畫上「掌心雷」時，只見那女殭屍「噗通」一聲朝他跪了下來。

這一下完全出乎他的意料之外，他有些驚呆地望著那女殭屍，不知道該出手還是不該出手。就在這時，從他的頭頂落下兩個人來。正是那老喇嘛和那具血殭。

他剛才進來的時候，並未留意屋頂。這種藏民用木頭建造的房子，屋子的橫樑都是木頭架成的，不要說兩個，就是三四個站在上面都沒問題。

老喇嘛落地後「哇」的吐出一口鮮血，用藏語問道：「你是什麼人，怎麼會出現在這裏？」

他的眼睛看不見，所以才有此問。那血殭也退到那女殭屍的身邊，扶起女殭屍後，一雙怪異的血紅色眼睛憤怒地瞪著他們，倒不急於進攻。

苗君儒說道：「佛爺，我就是剛才跟你徒弟出去找女殭屍的人。」

老喇嘛盤腿坐在地上，有些傷感地說道：「想不到這殭屍比人還精明，把人引開後，又重新回到這裏來產子。你一個漢人，逃出去也就算了，何必還跑回來和我一起送死呢？」

苗君儒說道：「我身上有轉世靈童送給我的舍利佛珠，所以我回來救你！」

老喇嘛驚道：「什麼，你就是救了轉世靈童，得到舍利佛珠的那個漢人？」

苗君儒說道：「那次我只是機緣巧合救了他，並得到了這串舍利佛珠。佛爺，我從一個漢人道士那裏學了幾招對付殭屍的法術，不知道有沒有用！」

老喇嘛說道：「漢藏兩地由於水土不同，習俗不同，因而邪惡的力量也不同。你們漢人用的法術，在這裏沒有用的，不信你就試試看！」

苗君儒翻起左掌對準那兩具殭屍，從他手心射出一道金光，可那金光觸到兩具殭屍身上後，居然連一點反應都沒有。他忙從口袋裏拿出那串舍利佛珠，對老喇嘛說道：「佛爺，我的法術真的沒有用，舍利佛珠在這裏，就看你的了！」

一見到舍利佛珠，那血殭和女殭屍大駭，正要抽身逃走，不料老喇嘛已經比他們快了一步，已經手握舍利佛珠，念動佛咒真言。一道白光自空從屋頂破露的地方凌空而下，將屋內的人與殭屍全部罩住。

白光中傳來莊嚴而渾厚的梵音，彷彿來自遙遠的天際，如同幾十個老僧同時在吟誦，苗君儒聽得出是《金剛經》。《金剛經》又名《金剛咒》，是佛法對付邪魔最有力的武器。

血殭將女殭屍護在身下，不讓白光射到，隨著那梵誦《金剛經》的聲音越來越大，血殭發出痛苦的嚎叫，身上冒出陣陣濃煙。

不消一刻，那血殭就可在諸位高僧的吟誦中，在白光中化為灰燼。

只聽得一聲哀嚎，那女殭屍掙脫了血殭的保護，撲到老喇嘛腳邊。苗君儒以為她要拚死一搏，連忙一腳踢出。不料那女殭屍卻匍匐在地上，不住地朝老喇嘛磕頭，口中「嗚嗚」不止，像是在述說著什麼。

這情形，看得苗君儒幾乎呆了，他連忙縮回腳，好在沒有踢中女殭屍。原來殭屍也通人性，生死存亡之時，不忘乞憐哀求。

苗君儒也是心腸慈悲之人，眼見那女殭屍把頭磕得「梆梆」之響，那血殭倒在地上縮成一團，發出痛苦的呻吟，忍不住動了惻隱之心，對老喇嘛說道：「佛爺，他們……」

老喇嘛停止了念誦，那莊嚴而渾厚的梵音隨即消失。他低聲說道：「你們之所以成為殭屍，是因為你們死前，心中那一口怨氣不出！」他歎了一聲說道：「你們本不屬於這世界，存在於這世上，又有何益？」

那血殭停止了哀嚎，也爬過來匍匐在老喇嘛的腳邊，一邊磕頭，一邊發出「嗚嗚」的聲音，像是在為自己辯解。

苗君儒站在老喇嘛的身邊，他聽不懂殭屍在說些什麼，可他聽得出來，這兩具殭屍是在懺悔，以求得老喇嘛的寬恕。但人妖殊途，老喇嘛會讓他們留在這個世上繼續害人麼？

那女殭屍側著身子倒在地上，捂著肚子大聲呻吟起來，一副痛不欲生的樣子。那血殭扶起女殭屍，竟像人一樣嚎啕大哭起來，那哭聲充滿了不屈與悲壯。

苗君儒以為老喇嘛要念誦佛經，在千年屍王出世之前，將這兩具殭屍從世上毀滅。不料老喇嘛沉聲說道：「天生萬物，必有其理，佛法慈悲，普度善心之人。剛才你沒有趁勢吃掉我，就說明你心中還有一點善心。唉！你們生前本是一對恩愛之人，只可惜遭土司所害，以至於怨氣結於心胸之間，迷惑了本性。你們若是誠心悔悟，也不是沒有辦法！」

那血殭聽老喇嘛這麼說，忙放下女殭屍，朝老喇嘛一個勁的磕頭。

老喇嘛接著說道：「千年屍王生下來，天生戾氣，必須用高深的佛法才能化解。至於你們兩個，能不能熬過佛法點化，就看你們自己的造化了！」

說完之後，老喇嘛又念誦起來，這一次念誦的不是《金剛經》，而是《般若波羅蜜多心經》。《般若波羅蜜多心經》不同於《金剛經》，為佛法善念之最，勸人向善。不僅救度了自己，而且救度了其他眾生。只要誠心向善，即使是三惡道的眾生，也能脫離苦海輪迴，進入佛道。《般若波羅蜜多心經》語音柔和溫軟，如一位慈祥的老人在耳邊，一遍又一遍的輕輕細語，不斷地灌輸著佛法的真諦。

那血殭雙手合什盤腿而坐，竟如一個虔誠的佛徒一般悉聽佛音，臉上的表情逐漸祥和起來。在他的身上，漸漸冒起一蓬金黃色的火焰。

那女殭屍在地上滾來滾去，早已經停止了呻吟，身上也冒出一蓬金黃色的火焰。在她的身下，躺著一個剛出生的嬰兒。那嬰兒不哭不鬧，一雙黑黑的大眼睛，認真地望著眼前的一切，眼神中透出無比的純潔與無瑕來。

女殭屍緩緩起身，將那嬰兒抱在懷中，復又跪在老喇嘛的面前。

老喇嘛口中念誦不斷，微微露出一抹笑容。女殭屍將那嬰兒放在老喇嘛的腳邊，與那血殭一樣雙手合什盤腿而坐。

殭屍靠吸血為生，就算他們誠心向佛，能保證他們以後不會吃人麼？苗君儒想問，可話到嘴邊又咽了回去。

只聽得老喇嘛說道：「我知道你心裏想什麼。雖說殭屍靠吸血為生，但只要他們心存善念，熬過那一關，以後靠吸食露珠泉水，吃蘑菇野果，也能生存。就像你們漢人吸煙土一樣，癮雖大，但意志堅強之人，仍可戒掉。」

苗君儒點了點頭，自清朝以來，那些吸食煙土的漢人，有幾人能得善終的呢？但其中不乏有人，深感煙土之危害後，靠自身的堅定意志戒掉煙癮，成為正常人。

老喇嘛接著說道：「這千年屍王雖非人類，由於其父母受佛法點化，其身也與佛有緣。我懇求你帶上他去度盧寺，到了寺裏，只要對活佛說明這屍王的來歷，他們知道怎麼做的！」

老喇嘛說完這番話的時候，苗君儒眼見那千年屍王漸漸長得如同一個一兩歲的孩子大小，在地上爬了一陣，居然站立起來了。

那血殭與女殭屍身上的金黃色火焰越燒越烈，發出「嗶嗶剝剝」的聲音，空氣中瀰漫著一股難聞的焦臭味。

佛音聲越來越強，那老喇嘛的頭頂，出現了一道七彩的光圈。光圈越來越大，老喇嘛的身體卻越來越小，正以一種不可思議的速度萎縮著。

苗君儒大駭之下，忙伸手去扶，一道眩目的白光閃過，眼前頓時什麼都看不到了，四周如死一般的沉寂。他的手也扶了個空，等他的眼睛恢復過來時，哪裏還有老喇嘛的身影？

那串老喇嘛拿著的舍利佛珠，從屋頂緩緩落下來，準確地落在他的手上。

他仰頭朝屋頂破漏的地方望上去，剛才還是濃霧重重的暗黑，此刻只見一輪皎潔的明月掛在夜空，月光如銀般瀉下來，照著那兩具盤腿而坐的殭屍身上。那老喇嘛坐過的地方，只留下一襲黃色的袈裟和紅色僧衣。老喇嘛用畢生的佛法造詣，將兩具殭屍點化，自己的修行也大獲圓滿。

他早就聽說藏地得道高僧，修煉到很高境界後，在圓寂時，其肉身會化作一道彩虹而去，進入佛教所說的空行淨土的無量宮中。這就是西藏最神秘的「虹化」現象。

有幸見到高僧「虹化」的人寥寥無幾。在科學領域，至今沒有人能夠對這一神秘現象做出合理的解釋。

那千年屍王來到苗君儒的身邊，用手扯著他的褲管，喉嚨中發出如同嬰兒般的呼喚。望著這天真無邪的孩子，苗君儒不由心生憐愛之情，伸手將這孩子摟入懷中。

那兩具殭屍站了起來，血殭的眼睛不再是血紅，而是正常人的色澤，眼神中充滿了慈祥與平靜，不再如過去那般暴戾與惡毒。

兩具殭屍看了那小孩一眼，雙手合什，朝苗君儒深深鞠了一躬，然後轉身走了出去。

那小孩發出一聲嗚咽，像是呼喚他的父母。那女殭屍轉身時，眼中分明噙著淚水。苗君儒望著他們的背影，內心五味雜陳。殭屍也是人變的，也有情感，面對自己剛生下的孩子，有幾個人能忍心捨棄呢？

任由那小孩怎麼嗚咽，那一男一女兩具殭屍，卻未再回頭。

苗君儒對那小孩低聲道：「若你不是千年屍王，我還想將你帶回重慶，認作義子呢！」

他用老喇嘛留下的袈裟包住那小孩，繫在自己的胸前，翻身上了汗血寶馬，策馬出了大屋。見明亮的月光下，哪裏還見那一男一女兩具殭屍？

他沒有想到，半個多月後，當他在神殿前遇到另一具殭屍時，正是這一男一女兩具殭屍的及時出現，救了他一命。

所有的這一切，正如他預料的那樣，有一個人在幕後操縱著。

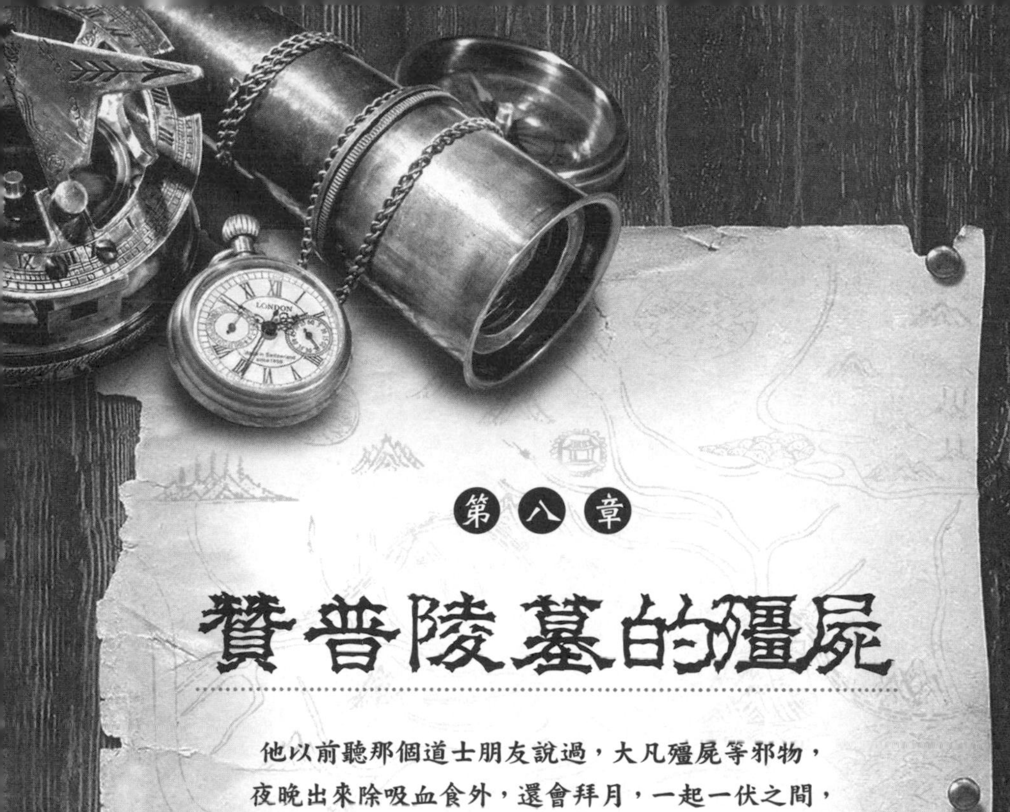

第八章

贊普陵墓的殭屍

他以前聽那個道士朋友說過，大凡殭屍等邪物，
夜晚出來除吸血食外，還會拜月，一起一伏之間，
不斷吸收月光之精華，以助其魔性成長。
千年屍王剛出生不久，保留著嬰兒般的善良心地。
若讓其拜月而助長其魔性，一旦魔性灌頂，
便無人能制服得了了。

贊普是古代西藏吐蕃王朝時期的王號。

吐蕃王朝實際興起於西元六世紀。今西藏山南地區澤當、窮結一帶的藏族先民雅隆部，已由原始的部落聯盟發展成為奴隸制政權，其領袖人物達布聶賽、囊日論贊父子，逐漸將勢力擴展到拉薩河流域。七世紀初，囊日論贊之子松贊干布以武力降服古代羌人蘇毗（今西藏北部及青海西南部）、羊同（今西藏北部）諸部，將首邑遷至邏些（今拉薩），正式建立吐蕃王朝。

在政治制度上，松贊干布仿唐朝的官制，贊普是最高統治者。西元九世紀吐蕃王朝崩潰之後，出現了大大小小許多政權的割據局面，各部的酋長也稱贊普。

在西藏這塊廣袤的土地上，究竟有多少座贊普的陵墓，誰也說不清。但是最出名的，是位於山南窮結縣宗山的西南方，背靠丕惹山，吐蕃王朝時期第廿九代贊普至第四十代贊普、大臣及王妃的墓葬群。各陵墓封土高大，為土壘成的高台丘墓。其上層土墩為橢圓形，墩頂極平坦，下層為長方形土台，周邊不齊整。

苗君儒幾年前經過那裏時，特地去看了一下，見墓葬的數目現難確定，能看到的有八九座。整個陵墓群面積約一萬平方米，各墓高出地表約十米左右，遠望猶如一座座起伏的小山。靠近河邊有一座大墓，說是松贊干布之墓。墓的大門朝西南開，面向釋迦牟尼的故鄉，以示對佛祖的虔誠。墓上有座小廟，供有松贊干布和文成公主的塑像，也是守墓人的居所。

作為考古工作者，他有心對那一片陵墓進行考古研究，可由於條件不允許，只得作罷。臨離開時，他的嚮導匍匐在陵墓土堆的下面，久久不願起身。老實忠厚的藏民，對古代君王的敬畏與崇拜，並非外人所想的那麼簡單。

苗君儒並不知度盧寺在什麼方向，不過他聽扎布說過，離這裏也就一百多里。他借著月色，策馬朝西南方向狂奔，只要找到有藏民所住的地方，一問就知道了。

一氣跑出了好幾十里地，連一頂牧民的帳篷都看不見。懷中的那千年屍王，手裏拿著他那串舍利佛珠，安詳地閉著眼睛睡得正香。

天邊漸漸露出一抹晨曦，往前又跑了一陣，終於看到左前方出現一溜高入雲端的山脈，在那雲霧繚繞之中，有金光一閃。

西藏佛教寺院建築，都是紅牆金色琉璃瓦。在白山綠地之間特別顯目，即使距離很遠，也能清楚地看到。

他一邊往前走，一邊欣賞著高原清晨那獨特的風景，耳邊聽到一陣木板相擊的「篤篤」聲，循聲望去，見右前方的草地上，有一個孤單的人影，正緩慢向前移動著。

他催馬前行，來到那人面前，看清這是一個虔誠的朝聖者。只見這人目不斜視，表情嚴肅，神態是那樣的虔誠，動作是那樣的一絲不苟，三步一拜，彳亍前行。剛從地上爬起來，向前小邁三步又將兩手合十上舉，拍三下，再向前平伸手掌著地後向前一搓，平伏在地再合掌、磕頭，然後起來再重複。

每個朝聖者的手上，左右各套著兩塊木板。苗君儒剛才聽到的那聲音，正是朝聖者在頭頂相拍時發出的。這個人的背上只有一個小背囊，身上的藏袍早已經破舊不堪。就這樣要一直跪拜到聖地拉薩，到大昭寺去朝拜佛祖。用這種走法到拉薩，不知道需要多長時間，一年，兩年，還是十年二十年，沒有人去估算。

朝聖者並不需要帶多大的行囊，他們的飲食，都來自沿途的牧民和寺院的施捨。在前往拉薩的各條道路上，隨處可見倒斃在路邊的朝聖者。且不說路上會發生病痛或遇到什麼災害性氣候，單就這種誠意和毅力，足可以感動每一個人。

苗君儒從馬背上拿了一袋糌粑丟在那個朝聖者的面前，用生硬的藏語問道：

「請問度盧寺怎麼走？」

朝聖者收起那袋糌粑，彎腰行了一個大禮。那人抬頭時，苗君儒看清了對方的面孔，心中一驚，忙勒馬往旁邊一帶，從身上拿出那支董團長留給他的手槍，對準那人問道：「你到底是什麼人？」

那人的眼中閃現一絲疑惑，站直了身子反問道：「你是怎麼看出來的？」

苗君儒笑道：「我這一路走了上百里地，都沒見到一個人。你身上的衣服雖然又髒又破，但是你的頭卻出賣了你。一個長途跋涉的朝聖者，經歷了那麼多天風霜雪雨，必然滿臉滄桑，而不是你這般乾淨，連頭髮都盤得一絲不苟！」

那人看了看苗君儒胯下的馬，說道：「你是不是姓苗？」

苗君儒點頭道：「是誰派你在這裏等我的？」

那人問道：「跟你一起的那些漢人呢？」

苗君儒說道：「你先回答我的問題！」

那人並沒有說話，而是從胸前的藏袍裏拿出一隻個頭不大的鷂鷹，往上一拋。那鷂鷹在空中翻了幾個筋斗，展開翅膀「唰」的一下鑽入雲層中，瞬間便變成了一個小黑點。

苗君儒收起槍說道：「你拋出那鷂鷹，就是給你主人送信的，我看不如你帶我去度盧寺，另外告訴你主人，就說我在那裏等他！和我一起的那些漢人，說不定也會經過這裏！」

那人有些不相信地望著苗君儒，問道：「你去度盧寺做什麼？」

苗君儒笑道：「你還可以告訴你主人，我懷裏的這個孩子，是女殭屍生的，就是藏族傳說中的千年屍王！信不信隨你……」

他的話還沒有說完，他懷中的屍王探出頭來，朝那人投過去冷冷的一瞥。那人嚇得「噗通」一下跪下來，大聲道：「求求你饒過我！」

苗君儒笑了，屍王就是屍王，單眼神就能夠嚇住普通人，他說道：「既然你知道他是屍王，那就好了。現在我問你幾句話，如果你說謊，你馬上就會被屍王吃掉，靈魂將入地獄，永世不得超生，明白嗎？」

那人連連說道：「我知道，我知道！」

苗君儒問道：「你叫什麼名字？」

那人老實地回答：「我叫拉巴！」

拉巴翻譯成漢語，就是星期三的意思。普通藏族平民，有用小孩出生的日子或星期為小孩起名的，這並不足為奇。

苗君儒接著問道：「你的主人是不是丹增固班老土司？」

拉巴看了看四周，搖頭道：「我是孟德卡頭人派來的！」

苗君儒大驚，問道：「你說的孟德卡頭人是不是普蘭那邊哈桑頭人家的大管家？」

拉巴說道：「是的，他以前是哈桑大頭人家的大管家，哈桑大頭人死後，他就成了大頭人！」

想不到連孟德卡也捲進來了，苗君儒想起了那個弓著身子，臉上時刻蕩漾著獻媚的笑意，上嘴唇有兩撇小鬍子的中年人。他問道：「他叫你來做什麼？」

拉巴說道：「他在去普蘭那邊的每條路和山口都布了人，只要一發現一個姓苗的漢人，就立刻告訴他！不久前從這裏過去了十幾個漢人，也向我問路。」

聽到這裏，苗君儒暗暗吃驚，這個人所說的那十幾個漢人。從人數上判斷，也許是康禮夫他們。

他想起了那些在大屋外失蹤的馬匹，一定是那些跟在他們後面的人，趁他們出外之時，騎走了那些馬。

那些漢人究竟是什麼人呢？他突然想起一個人來，為了確定自己的猜想，他問道：「拉巴，那些人是不是牽著馬，馬上並沒有人？」

拉巴點頭，低聲回答道：「哦呀！」

苗君儒策馬道：「走吧，拉巴，帶我去度盧寺！」

他已經猜出那十幾個走在前面的漢人是什麼人，眼下他並不急於去度盧寺，而是要找一個像拉巴這樣的藏民，瞭解當前的情況。

他隱隱感覺到，接下來要走的路，比料想的要困難得多。

度盧寺是一座有著一千多年歷史的老寺院，寺院就建在山坡上，座西朝東，並不大，但寺院的整體建築與大山渾然一體，禪房廟堂顯得很古老，不失肅穆與莊重。

苗君儒和拉巴來到山腳下時，聽到寺內鐘鼓齊鳴，長號陣陣，梵音繚繞。這個時候，正值寺內僧人做早課。

從山腳往上，是幾層數十級的台階，幾個藏民正沿著台階，三步一跪拜地向上走去。兩個年輕僧人站在寺院門前，居高臨下地望著他們。

苗君儒下了馬，對拉巴說道：「你在這裏等我！」

他懷中的那屍王早把頭仰了起來，一雙清澈透底的眼睛，明亮得如同雪山上的冰稜，望著他不斷發出「嗚嗚」的聲音。

苗君儒微笑道：「我的任務是把你交給這裏的活佛，如果有緣的話，也許我們還能再見面！」

他把屍王從胸前解下來，背在背上，沿著台階朝上面走去。當來到那兩個僧人面前時，兩個僧人一左一右上前將他攔住，其中一個胖一點的僧人用生硬的漢話說道：「我們這裏不歡迎你們漢人，請你趕快離開！」

苗君儒問道：「為什麼？」

那僧人說道：「沒有為什麼，我們就是不歡迎你！」

還未等苗君儒說話，另一個僧人看到了那屍王手中拿著的舍利佛珠，神色大變，忙拉著那個僧人跪下來說道：「不知大活佛降臨本寺，請大活佛寬恕我們的罪過！」

在這些僧人的眼裏，屍王手中的舍利佛珠就是大活佛的象徵。

苗君儒說道：「起來吧，帶我去見你們的活佛！」

胖僧人說道：「回稟大活佛，我們寺院的活佛昨天被你們漢人殺死了！」

苗君儒驚道：「什麼，你們寺院的活佛死了？是什麼樣的漢人？」

胖僧人說道：「他們有十幾個人，帶頭的是貢嘎傑布的兒子索朗日扎。索朗日扎不知要帶什麼給活佛，結果他們在經堂裏吵了起來，你們漢人開了槍……」

苗君儒問道：「後來怎麼樣了？」

胖僧人說道：「後來索朗日扎就帶著那些漢人逃走了，我們已經派人通知了貢嘎傑布大頭人，看他怎麼處理。」

苗君儒說道：「我從昌都那邊來的時候，貢嘎傑布大頭人已經死了，你們知道那些漢人往哪個方向去了麼？」

胖僧人指著西南方向說道：「他們是朝那邊去的，我們已經派人追去了。」

苗君儒朝西南方向看了一眼，說道：「帶我去經堂看看！」

兩個僧人相互看了一眼，躬身在前面帶路。苗君儒把那屍王從背上放下來，牽著往前走。

進了寺院的大門，迎面就看到一座依山而建的佛塔，塔身用磚石砌成，造形極為特殊，形方而實圓，狀如覆鐘，腰部以上呈環狀紋，上部為覆缽形塔腹，塔身為灰白色的天然石灰岩，鏤空出上下三排孔洞，每個孔洞中放有一尊佛像。

在西藏的寺院內，多有造型不一的佛塔，由於寺院的名氣不同，建造佛塔所用的材料、式樣、顏色以及規格都不同。無論什麼樣的塔，都具有一種功能，就是放置該寺院歷代高僧舍利子及肉身。

僧侶們的宮殿錯落有序的整齊排列。粉刷潔白的牆壁，將僧侶們門樓巍峨的住宅一間一間連在一起；紅牆金頂的佛殿凌空聳立，金光四射。

寺院的經堂就在佛塔的旁邊，是一幢褚紅色白瑪草牆點綴的高大宮殿，屋頂四角豎立四通法幢，正面頂部豎有法輪和兩個臥式金鹿。前廊面闊五間，廊房牆面有四大天王像，大紅漆門，共三門六扇，虎頭門環，顯得極其威嚴莊重。

在經堂門前的台階上，跪著二十幾個年紀大小不一的僧人。當苗君儒跟著兩個僧人從佛塔邊的迴廊走過去時，對面走過來幾個身強力壯的僧人，一個個憤怒地看著他，其中有兩個僧人的手裏還拿著銅頭箍成的木棒。

兩個僧人迎了上去，低聲對他們解釋著。那幾個僧人聽完之後，嚇得躬身退到了一邊。

經堂內四壁掛著佛經畫壁掛「唐卡」，立柱上飾以錦繡柱飾，整個經堂內掛滿彩色幡帷，在幽暗的光線中顯得神秘、壓抑，形成藏區寺院特有的濃厚氣氛。

半開敞的經堂前廊是一個過渡空間。進入經堂，四周完全不開窗戶。林立的柱網和低垂的帷幢，昏暗中閃動的酥油燈光和金色的佛像寶座，增加了神秘而沉重的氣氛。

本寺活佛的屍身就放在經堂裏，周圍端坐著一圈低聲誦經的僧人，身上蓋著五色羊毛金絲錦被，錦被上有金絲線繡上去的藏文《金剛經》。

苗君儒上前掀開五色羊毛金絲錦被，見屍身的胸前有兩個彈孔，從彈孔的大小上看，確實是近距離內開的槍。

在整個西藏地區，每個寺院的活佛都享有很高的社會地位，就算權傾一方的大土司和大頭人，在活佛面前，也只有唯唯諾諾的份，不敢有絲毫頂撞。康禮夫也許不懂，可劉大古董和索朗日扎怎麼會不知道呢？他們竟敢做出這種大逆不道的事，這不明擺著把自己往死路上逼嗎？

他們來找活佛，肯定是有重要的事，與活佛鬧翻了之後，為了防止秘密洩露出去，以至於不顧一切地開槍殺人？

苗君儒肯定他們不是為了尋找寶石之門的事而發生爭執，可惜沒有人知道他們談話的內容，否則就知道活佛的死因了。

當他轉身的時候，看到經堂側面有一個神龕，裏面供著一塊白玉碑，那玉碑上還刻著文字。

經堂是寺院僧人念經的地方，一般只供佛像，怎麼會供著一塊玉碑？

他走過去一看，見玉碑上刻的是古梵文《十善經》，他頓時暗驚，這東西怎麼會在這裏？

歲月如梭，已經過去了一千多年，除了佛教高僧和專業研究的人士外，並沒有幾個人讀得懂古梵文，更別說去破解裏面的玄機了。

難道索朗日扎是求寺院的活佛破解玉碑的玄機，遭拒後才惱羞成怒地開槍？

苗君儒注意到玉碑的表面非常乾淨，像是有人刻意抹乾淨的。這種常年被香火供奉的東西，只有在重大的佛教紀念日，才會有人進行打掃。

他看著玉碑上的古梵文，仔細辨別著每一個文字。很快，他就發現那上面的文字，與他以前見過的古梵文版本的《十善經》，有幾個地方不同。

莫非玄機就在那幾個地方？

這塊玉碑上字，每個字都一般大小，單從字面上去看，根本看不出什麼來。

看了一會兒，竟被他看出了一點問題出來。問題不是出現在古梵文上，而是出現在字行句間，他越看越心驚，心道：莫非玄機真的在這裏面？

他又看了一會兒，才把目光移開。低聲問道：「你們怎麼把這麼重要的東西放在經堂裏，不怕別人來搶麼？」

一個僧人回答道：「這塊玉碑是兩年前別人送來的，我們寺院比較小，沒有地方放，就放在這裏了！」

苗君儒問道：「是誰送來的呢？」

那僧人回答：「是貢嘎傑布大頭人！」

苗君儒微微一笑，心裏卻思索開了，貢嘎傑布是權傾一方的大頭人，手底下擁有的軍隊都十幾萬，不可能無法保護這塊玉碑。再說，這麼貴重的東西，誰都想占為私有，貢嘎傑布為什麼要把玉碑捐獻給寺院？難道是想求寺院裏的活佛解開玉碑上的玄機？那麼，貢嘎傑布與活佛之間，到底有什麼約定呢？

還有，玉碑失蹤了那麼久，貢嘎傑布又是從哪裏得到的呢？玉碑是兩年前送來的。而就在那時，神殿中的絕世之鑰被盜，馬長風帶著蒙力巴離開西藏，將其藏在重慶歌樂山雲頂寺中。這兩件事是否有什麼聯繫？

馬長風和蒙力巴兩人與貢嘎傑布之間，是否還有外人不知的秘密？用「紅魔之箭」射殺馬長風的人，又是誰派去的呢？

可惜那些人都已經死了，與他們相關的事情，似乎都已經成了永久的謎團。苗君儒想了想，他暫時無法知道這些事情的答案，但是他堅信，所有的謎團都有全部解開的那一天。

那屍王爬到供桌上，拿起供品中的水果吃了起來。有兩個僧人想上前制止，可還沒衝到供桌前，就被那屍王露出的凶相所嚇住。

苗君儒連忙道：「這裏是寺院，不要亂來！」

那屍王似乎聽得懂苗君儒的話，乖乖地爬了下來，一手拿著一個蘋果，甜甜地咬著。

既然寺院的活佛已經死了，苗君儒覺得沒有必要再停留下去，他牽著那屍王朝外面走去。

那個胖僧人跟在他的身邊，低聲問道：「你不是要把這千年屍王放在我們這裏的麼？」

苗君儒笑道：「你也知道他是千年屍王，現在活佛已經死了，如果我把他留下來，你們能夠控制得住他麼？」

胖僧人畏懼地看了看那屍王，沒有再說話。

苗君儒低頭對屍王說道：「算了，你就跟著我吧！從今往後，我就叫你『嘎嘎弱郎』，好麼？」

嘎嘎在藏語裏是可愛的意思。那小孩像是聽懂了一般，高興地點了點頭，發出愉快的「嗚嗚」一聲。

從進廟來的這段時間裏，這屍王眼看著又長大了一些，就像一個四五歲的孩子般大小了。要是這麼長下去，不消一個月，就長成像雪魈那麼高大的巨人。

他向寺院要了一些水果和吃的東西，用袈裟包好斜背在肩上。出了廟門，見拉巴仍站在汗血寶馬的旁邊，一副很忠實的樣子。

離開了度盧寺，拉巴牽著馬轠走在前面，苗君儒和那屍王坐在馬上，他的眼睛望著遠處的雪山，心裏卻想著那塊玉碑上的古梵文。

走了一會兒，看到幾頂遊牧藏民的帳篷，苗君儒用一支鋼筆向牧民換了一匹馬和一張羊毛氈。馬是給拉巴騎的，羊毛氈則用來睡覺。

兩人朝西南方向行去，傍晚的時候，來到一個土坡前。拉巴滾鞍下馬，朝著土坡又跪又拜，嘴裏嘰哩咕嚕的，也不知道說些什麼。

土坡前有幾尊殘破的石像，其雕刻手法古樸而不失渾厚，有些像吐蕃王朝時期的雕刻風格。在離苗君儒不遠的地方，幾塊巨大的長條形石碑已經斷為幾截，被野草掩蓋著。在土坡的另一面，還有一些殘垣斷壁，在那些殘垣斷壁之間，依稀可以找到當初的恢宏和壯觀來。

在西藏這塊古老的高原上，歷朝歷代湧現出多少英雄豪傑，當他們大興土木，用刀和鞭子驅趕著無數奴隸，為他們建造奢華而氣派的府邸或王宮時，根本沒有想到日後會怎麼樣。當他們壽終正寢後，一切都已成過往煙雲，留給現代人的，只有這些破破爛爛的東西。

苗君儒望著那些長條形石碑，有心下馬看一看這裏是什麼地方，卻見拉巴驚慌失措地起身。馬蹄聲中，幾匹快馬從土坡後面的殘垣斷壁間衝出來，很快將他們兩人圍住。

馬上坐著的都是長得如兇神惡煞一般的藏族漢子，一手抓著韁繩，另一隻手上拿著藏刀，背上還背著一支步槍。這些人並不急於進攻，而是圍著他們轉，口中發出「呦喝呦喝」的聲音。

他們都是遊蕩在草原上的馬匪，靠打劫為生，但是他們一般不打劫牧民，主要打劫來往的商客，還有官家的人。

拉巴高舉著雙手，大聲叫道：「求求你們不要殺我們，我和苗教授的身上都沒錢！」

土坡頂上出現了一個人，那人的身材魁梧，與其他馬匪不同的是，那人居然像阿拉伯人一樣，用一大塊灰色的布將頭臉捂住，只露出一雙眼睛。

苗君儒低聲問拉巴：「這裏是什麼地方？」

拉巴說道：「是翁達贊普的陵墓！」

據史料記載，在吐蕃王朝滅亡後，一個自稱是松贊干布第八代孫子的人，拉起了一支隊伍，在岡底斯山脈以東的草原上縱橫馳騁，最後建立了一個小王國，並自封為贊普，這個人就是翁達。翁達贊普出身平民，深諳平民與奴隸的苦楚，所以施政的時候，儘量緩和貴族與平民奴隸之間的矛盾。由於這種仁政打壓了貴族的權勢，從而引來諸多貴族們的不滿，但在一定程度上，促進了當時社會經濟和文明的發展，很多鄰國的奴隸和平民，紛紛逃到這裏來了。

翁達贊普死後，他的繼承人一改他的仁政，變得極其殘暴和貪得無厭。如此一來，這個小王國便如同汪洋大海中的落葉，在貴族勢力與鄰國的相互勾結下滅亡了。小王國存在的時間雖然很短暫，但在西藏的社會文明發展史上，卻寫下了重重的一筆。

據說翁達贊普下葬的時候，不要奴隸殉葬，也不要其他的殉葬品，因而他的陵墓在經歷上千年的風風雨雨，並沒有遭到洗劫。

這也許是高原上唯一一座沒有被人挖過的贊普陵墓。幾年前苗君儒在西藏考古的時候，也想到翁達贊普的陵墓看一看，只是由於諸多原因，沒法過來這邊。

土坡上的那個男人並沒有下來，朝下面打了一個手勢。那幾個圍著苗君儒打轉的馬匪得到命令，呼哨著飛奔而去，轉眼就消失在土坡的後面。

苗君儒對拉巴說道：「那邊應該有避風的地方，今晚我們就在這裏了！」

拉巴說道：「從來沒有人在翁達贊普的陵墓旁過夜的！」

苗君儒問道：「為什麼？」

拉巴說道：「我也不知道，反正這麼多年來，在這裏過夜的人，從來沒有人活著離開！」

既然是這樣，苗君儒更想一探究竟了，他說道：「你要是害怕的話，就趕快離開！」

他牽著馬往土坡旁邊的殘垣斷壁走去，拉巴沒有離開，而是緊跟在他身後。

翁達贊普算是西藏歷史上一位開明的贊普，雖比不上漢族的秦皇漢武與唐宗宋祖，但比一般的皇帝強多了。可惜他的野心不大，若像他的祖宗松贊干布那樣，便可再次統一全西藏，建立一個新的王朝。如此一來，西藏的歷史便會改寫，奴隸制度絕對不會延續那麼多年，至今還沒有消除。

苗君儒和拉巴來到那些殘垣斷壁中間時，天色漸漸暗了下來。他們找了一處避風的地方，見這裏有個火堆，火堆旁邊還有些燒剩的木材。也許剛才的那些馬匪，就是在這裏過的夜。

苗君儒說道：「你不是說沒有人敢在這裏過夜麼？這是什麼？我倒想知道，今天晚上會發生什麼奇怪的事！」

拉巴沒敢搭話，很利索地點燃了火堆，到別處轉了一個圈，抱回來一堆乾草，鋪在火堆的旁邊。

苗君儒見拉巴躬身站在一邊，便道：「我是漢人，沒那麼多規矩，坐吧！」

拉巴仍不敢面對苗君儒而坐，而是退到牆角邊。苗君儒沒有再說話，拿出羊毛氈鋪在乾草上席地而坐，拿出糌粑，就著羊皮袋裏的水吃了。

那屍王偎依在苗君儒身邊，吃過幾個蘋果之後，圍著火堆轉來轉去，一副很淘氣的樣子。他雖然是千年屍王，可除了長得快、身體冰冷、沒有心跳和脈搏外，外表與正常的小孩沒有什麼兩樣。苗君儒與他朝夕相處了一天，竟然有些感情了。上午在度盧寺時，這屍王並沒有把那些僧人放在眼裏，卻很聽他的話。這也許就是所謂的緣分吧！

若是他把這屍王帶到國際考古工作者會議上，向來自世界各國的考古學者講述這屍王的來歷，不知道會引起多麼大的震動！

興許是玩累了，那屍王在苗君儒身邊躺了下來，抬頭望著滿天星斗的夜空。

不遠處傳來幾聲狼嚎，那兩匹拴在牆邊的馬嘶鳴起來。拉巴驚恐地縮到牆角，對苗君儒說道：「夜晚的餓狼很厲害的，要不我們還是走吧！」

苗君儒說道：「如果以前那些在這裏過夜的人，是被野狼吃掉的話，地上肯定會留下死人的骸骨，可是我們並沒有看到一根骨頭！」

他起了身，走到山坡頂上，朝傳來狼嚎的方向看了看，隱約可見黑暗中閃爍著一雙雙綠瑩瑩的眼睛。

只要有火就不怕野狼，這是每一個習慣在野外過夜的人都知道的。

他的身後上來了兩個人，是拉巴和那屍王。拉巴朝遠處看了看，聲音有些發抖地說道：「能夠和你在一起，是我上輩子修來的福氣！」

苗君儒呵呵一笑，說道：「拉巴，你到底還要騙我到什麼時候？」

拉巴瞪著眼睛說道：「我怎麼敢騙你呢？這地方確實死過很多人，沒有人知道他們是怎麼死的！」

苗君儒說道：「我不是指這個，是剛才那些人，其實他們根本不是馬匪，你認識他們，對不對？你裝作很害怕的樣子，其實是把我的身分借機告訴他們，好讓他們回去報信！那個用布蒙著臉的人，我應該認識他，否則的話，他用不著包著臉！」

拉巴愣在那裏，沒有說話。

「你一開始就說是孟德卡頭人派來的，所以孟德卡頭人在我面前，完全沒有必要蒙著臉。」苗君儒接著說道：「我給你兩條路，第一是把你所知道的老實告訴我，第二是騎上你的馬，在那些野狼沒來之前，離開這裏！」

拉巴往土坡下走了幾步，突然轉身跪下，哭著說道：「我不能說，否則他們會殺了我全家。他們說了，只要我跟著你，事成之後讓我全家恢復自由！」

苗君儒說道：「這麼說，你是他們的奴隸？」

拉巴把頭埋在草地上，說道：「哦呀！」

苗君儒牽著那孩子的手，說道：「你跟著我之後，你的主人要你做什麼？」

拉巴拿出一個小袋子，說道：「我每隔十幾里，都會往地上撒這些東西！」

苗君儒接過袋子一看，見裏面是些白色顆粒狀的東西，帶有一股很刺鼻的尿臊味。把這東西丟在地上，鼻子靈敏一點的人，老遠就能聞到這味道。

他說道：「既然你已經跟著我了，而且每隔十幾里就會往地上撒東西，為什麼他們還要派人在這裏等？」

拉巴說道：「這裏是通往西南方向的一個路口，我的主人肯定會派人在這裏守著的！」

苗君儒說道：「你回去對你的主人說，請他放心，我一定會每隔十幾里，往地上撒這些東西。如果他願意的話，也可以直接帶人和我一起走，沒有必要鬼鬼祟祟的跟在後面。」

拉巴從地上起身，躬著腰說道：「還是讓我跟著你吧？我可以保護你！」

苗君儒冷笑道：「你認為我需要你保護麼？」

他看著拉巴走下了山坡，騎馬快速消失在黑暗中。

狼嚎聲時斷時續，那屍王也學著狼嚎聲，仰頭向天發出「嗚嗚」聲。那一雙雙綠瑩瑩的眼睛，只在遠處晃悠，並沒有繼續往前逼。苗君儒聽江西龍虎山那道士朋友說過，大凡像殭屍這類異物，頭頂定有妖氣，一般普通人看不到，而那些有靈氣的動物，反而看得一清二楚。有這屍王在身邊，那些野狼定不敢上前。

「走吧，我們睡覺去！」他拉著那屍王下了土坡，到火堆邊躺下，還沒躺一會兒，就聽到一陣急促的馬蹄聲。

他一躍而起，躲在幾塊石頭後面朝前面望去，見到幾個舉著火把的人，正下馬往這裏走過來。走近了些，他認出正是那幾個假馬匪。

為首一個人大聲叫道：「我們是來接你的！」

苗君儒從藏身的地方走出去，問道：「為什麼要來接我？」

那個人說道：「這裏是不吉祥的地方，沒有人能夠見得到明天的太陽！」

苗君儒問道：「為什麼？」

那個人說道：「因為每個在這裏過夜的人都不見了，生不見人死不見屍。」

苗君儒笑道：「有這種奇怪的事？今天晚上我倒想見識一下！」

那個人說道：「若是別人想見識，我們絕對不阻攔，可是你不行！」

苗君儒笑道：「是你家主人怕我死在這裏，所以要你們來！要是這樣的話，我還偏就不走了呢！」

那幾個人相互看了看，有兩個從腰間拔出手槍，被為首那個人瞪了一眼，忙又塞了回去。另外兩個人從馬後扯過一根繩子來。

那個人說道：「你不願意走，我們只好得罪你了，請你原諒我們的魯莽，我們這麼做，也是為了你的安全！」

這個人說完，在馬上深深施了一禮。

苗君儒冷笑道：「我長這麼大，還從來沒有被人綁過。今晚我倒想看看，你們用什麼手段來綁我？」

話雖這麼說，他心底也知道這些藏族漢子的厲害，當下示意那屍王站到一旁，眼睛瞅著那些人，想著用什麼方法對付。

不料那屍王往前走了幾步，站到苗君儒的前面，面對那些人發出一陣「桀桀」的怪笑。那些人座下的馬匹嘶鳴起來，不顧一切地狂奔而去，任由那些人怎麼扯都扯不住。

苗君儒對那屍王笑道：「想不到你還挺厲害的！」

那屍王轉過身，撒嬌般撲到苗君儒的懷中。

「嘎嘎弱郎，我們睡覺嘍！」苗君儒抱著那屍王回到火堆邊，從袋子裏拿出一些水果給屍王吃了，自己就著小羊皮袋裏的青稞酒，吃了些糌粑。高原上夜晚寒冷，酒可以禦寒。吃完東西，裹上羊毛氈，將那屍王摟在懷中，屍王的身子雖然很柔軟，但是沒有一絲溫度，抱在懷裏冰冷冰冷的。

抬頭望著滿天星斗，苗君儒如同一個慈祥的父親，對屍王說起那牛郎織女的傳說，說到後來，他竟然迷迷糊糊地睡去了。也不知道什麼時候，他突然驚醒過來，懷中那屍王不知道去哪裏了。

此時月上中天，不知名的小蟲在廢墟的磚石下面，賣力地啼叫著。皎潔的月光下，遠近幾百米內的一切景物都看得清清楚楚。

一股黑氣自陵墓頂上直沖天宇，他定睛望去，見贊普陵墓的頂上站著幾個黑影，一個小黑影正跪在地上，抬頭望月，一下又一下地拜著。

他頓時打了一個激靈，暗叫道：不好，殭屍拜月！

他以前聽那個道士朋友說過，大凡殭屍等邪物，夜晚出來除吸血食外，還會拜月，一起一伏之間，不斷吸收月光之精華，以助其魔性成長。

千年屍王剛出生不久，保留著嬰兒般的善良心地。若讓其拜月而助長其魔性，一旦魔性灌頂，便無人能制服得了了。

他拔腿朝陵墓頂上跑去，當他跑到距離那幾個黑影數十米的地方時，終於看清那幾個黑影的樣子。

那是幾個不是人的「人」，為首一個穿著古代贊普的王袍，頭頂冒出的黑氣最濃。旁邊站著的那幾位，應該都是那人的貼身侍衛。

那屍王就跪在一塊石頭上，仍在不斷地拜著。

不等苗君儒衝過去，有兩個侍衛已經一左一右地撲了過來，還未及身，他就已經聞到一股很濃的屍臭味。

第九章

罕見的千年屍妖

千年屍妖極為罕見，
一旦意識到死期將近，便千方百計去尋找新生的殭屍，
吃掉一具新殭屍，千年屍妖便可再活一百年。
若遇上兩具殭屍交配後生下來的千年屍王，
對於千年屍妖來說，那是千年難得一遇的好事。

越是厲害的殭屍，屍臭味越濃。

苗君儒不敢怠慢，趁那兩具殭屍一齊撲到的時候，突然往後退了幾步，避開兩具殭屍的第一擊，大聲用藏語說道：「且慢，我有話要說！」

殭屍雖不能說話，但是人說的話，殭屍都能聽得懂，因為他們生前也是人。為首那具殭屍發出一聲低吼，那兩個侍衛立即停止了進攻，退到一旁去了。

苗君儒望著那具殭屍說道：「如果我沒有猜錯的話，你應該就是埋在土堆下面的翁達贊普。」

那具殭屍點了一下頭，算是認可苗君儒的猜測。

苗君儒接著說道：「那些死在這裏的人，都是被你們吃掉的！所以他們活不見人死不見屍，你生前做了不少好事，想不到死後卻為害一方。」

翁達贊普仰頭向天，發出「桀桀」的怪笑。

這幾具殭屍在這裏橫行已久，居然沒有藏族高僧前來滅屍衛道，倒也是一件奇事。苗君儒繼續說道：「你在這裏這麼多年，害人一定不少，歷代藏族高僧允許你存在，自然有他們的道理，所以我也不想多事。大路朝天，你我各有一邊，誰也不要侵犯誰！」他指著那屍王說道：「這千年屍王是跟著我的，我絕對不允許你把他帶走！」

翁達贊普的眼中射出一道冰冷的寒光，直逼苗君儒。

苗君儒並不畏懼，從口袋中拿出那串舍利佛珠，大聲道：「如果你不識相，我只有替佛祖衛道，滅了你們這幾具殭屍！」

那串舍利佛珠在月光的映射下，發出一圈眩目的佛光，將苗君儒罩住。離苗君儒最近的那兩具殭屍，立即嚎叫著逃到一邊去了。

翁達贊普被那佛光一照，忙退了幾步，站定後畏懼地望著苗君儒。也許他想不明白，這個人的身上怎麼會有那麼厲害的東西。

他心有不甘，卻不得不往後退去。

趁那幾具殭屍退到陵墓下方的時候，苗君儒收起舍利佛珠，走過去伸手去扯那屍王。他的手還未觸到那屍王的身體，只見那屍王發出一聲低吼，轉過頭朝他的手一口咬下。若不是他反應得快，那隻手已經被咬住了。

一旦被咬，受傷事小，中了屍毒就麻煩了。

這高原之上比不得內地，沒有那種會解屍毒的高人。據他所知，藏族對於那些被殭屍咬過的人，處理的方法只有一個：那就是儘快用火燒掉。

他可不想變成高原上的一掬骨灰。

那屍王望著他，眼中全然沒有了原先的那種天真與活潑，取而代之的是怨毒與暴戾。那種怪異的眼神，幾乎嚇了他一大跳。

他退了幾步，望著那屍王說道：「難道你不認識我了？快跟我走，我還要教你念佛經呢！」

那屍王有些陌生地望著苗君儒，月光照在他身上，顯出幾分詭異來。

苗君儒驚奇地發現，這個孩子又長大了不少，乍一看去，與一個十歲大的孩子沒有什麼區別。而實際上，這具千年屍王才出生兩天。他已經打定主意，要是這具千年屍王不聽他的勸，他便要盡自己最大的能力，將其毀滅。

在陵墓的下方，翁達贊普和那幾個侍衛都未離去，而是默默地看著上面。陵墓周圍的蟲子不知什麼時候已經悄然停止了鳴叫，四周如死了一般的寂靜，靜得讓人心驚肉跳。

他聽一個黃教高僧說過，殭屍也是會死的。能夠熬到一千年以上的殭屍稱為千年屍妖，千年屍妖極為罕見，一旦意識到死期將近，便千方百計去尋找新生的殭屍，吃掉一具新殭屍，千年屍妖便可再活一百年。若遇上兩具殭屍交配後生下來的千年屍王，對於千年屍妖來說，那是千年難得一遇的好事。千年屍妖教其拜月以助長魔性，待其魔性滋生到一定的階段，千年屍妖與屍王化而為一，成為萬年不死的邪魔。

西藏這片廣袤的大地上，還沒有出現過邪魔。

印度那邊則出現過兩具。為了消滅那兩具邪魔，上百個印度高僧弘揚佛法，以身衛道，最後據說還是佛祖顯靈現身，才滅了那兩具邪魔，以衛人間正氣。

西藏與印度的淵源甚厚，很多高僧都精通古印度梵文和一些秘術。苗君儒想到這裏，朝陵墓下方的那幾具殭屍望了望，似乎明白了什麼。

苗君儒見那屍王一步步朝他走過來，忙用手握住口袋裏的那串舍利佛珠，一旦情況有變，他立即拿出佛珠，念誦《金剛經》，借佛法滅了這屍王。

這時，一大片烏雲湧了過來，遮住了慘白的月光。

那屍王突然發出「嗚嗚」的聲音，像是嬰兒的啼哭，又像是在哀求苗君儒。

苗君儒明白過來，這屍王與棺木中剛出來的殭屍一樣，不能被月光照著，一旦受了月光之精華，就會發生變異。

他忙脫下身上的衣服，劈頭蓋腦地蓋在那屍王的身上。

當他擁著那屍王走下陵墓時，見不遠處那幾個黑影還站立在那裏。懾於他身上的那串舍利佛珠，那幾具殭屍不敢輕舉妄動。他們或許在等待時機，趁苗君儒不防備的時候突然下手。

這種地方不宜久留，苗君儒回到火堆前，簡單地收拾了一下東西，正要離開，可是他拴在牆邊的那匹汗血寶馬卻不見了。想必馬見了殭屍也害怕，不顧一切地掙斷韁繩逃開了。

他拖著那屍王離開廢墟，還沒走上兩百米，卻聽到遠處傳來急促的馬蹄聲。他以為是那幾個藏族漢子去而復歸，忙拉著那孩了在草叢中躲藏下來。他要看看陵墓下面的那幾具殭屍是怎麼吃人的。

天空中的烏雲散去了，月光皎潔如新。

來人好像不少，有二三十個。待那些人近了些，苗君儒看清為首一個，正是離他而去的拉巴，拉巴身後的那些人中，有一個穿著軍裝，身材最高大的漢人，正是跟著江白多吉去找女殭屍的董團長。

還未等苗君儒從草叢中起身，那些人已經策馬來到了陵墓的下面，在他們的不遠處，那幾具殭屍以一種極快的速度向他們撲過去。

與此同時，董團長手中的槍響了。

董團長和那些士兵對準那幾具殭屍胡亂開槍，仍抵擋不了殭屍的攻勢。轉眼間，便有幾個倒楣的士兵被殭屍扯下馬，瞬間撕為兩截。

苗君儒看到那幾具殭屍朝董團長他們撲過去，就知道不妙。他正要出手相救，卻突然看清攻擊董團長他們的，只有四具殭屍。

也就是說，翁達贊普正躲在暗處，要四個侍衛攻擊那些人，待苗君儒出手去救時，背後下手劫走千年屍王。

想不到這千年屍妖也有正常人一樣的智商。

苗君儒拿出那串舍利佛珠，放在身邊這屍王的頭上，對著董團長他們叫道：「我在這裏，快過來，你們鬥不過那幾具殭屍的！」

董團長聽到叫聲，也看到了苗君儒，朝手下士兵叫道：「兄弟們，快撤！」

饒是他們見機得快，卻有好幾個士兵已經變成了死屍。

董團長來到苗君儒的面前，跳下馬說道：「苗教授，你怎麼到這裏來了？」

苗君儒警惕地看了看四周，並沒有見到翁達贊普，他低聲說道：「這裏不是說話的地方，快走，快走！」

屍王頭頂上的舍利佛珠發出淡淡的光暈，那幾具殭屍並不敢逼近。

董團長知道殭屍的厲害，聽苗君儒這麼說，忙打了一聲呼哨，那些士兵得到命令，一個個策馬往前面狂奔。

苗君儒抱著那屍王上了一匹馬，跟著大家跑了一陣，聽到身後傳來馬嘶，回頭一看，見一匹高頭大馬正飛奔而來。

他認出正是那匹汗血寶馬，忙停了下來，待汗血寶馬近身之後，從馬上一個翻越，和那屍王一起跳到汗血寶馬的背上。

一行人跑了約莫一個時辰，估計離那贊普陵墓有一百多里地了，才停下來。

董團長來到苗君儒的面前，說道：「要不是遇上拉巴，我們還找不到你！」

苗君儒望著拉巴問道：「帶他們來找我，也是你主人要你做的？」

拉巴老老實實地回答道：「我見他們是漢人，就猜想你們可能是一起的，所以……」

苗君儒說道：「所以你就對他們說了關於我的事情，並帶他們來找我！」

董團長說道：「一路上，他還說了那個孩子的事。苗教授，你身邊的可是一具千年屍王呢，你打算怎麼處理他？」

苗君儒說道：「必須要把他交給佛法高深的寺院活佛才行。放心，他在我身邊不敢亂來的！」他接著反問道：「和你們一起去尋找女殭屍的那個小和尚呢？」

董團長恨恨地說道：「別提了。我帶著手下的兄弟跟著那小喇嘛去尋找女殭屍，誰知道進了一個山谷後，那小喇嘛就不見了。我們在山谷裏轉來轉去轉了一個多小時，在一塊大石頭後面，發現了小喇嘛的屍體，他的脖子上有勒痕，應該是被人殺死的。我們好不容易找回原來的地方，可你又不見了。我們在那裏休息了一個晚上，才一路找過來。」

苗君儒細細思索著董團長說的話，他無法知道董團長的話是真是假，但是他清楚，藏族僧人享有很高的社會地位，若不是特殊的情況，就算是大土司那樣的人物，也不敢輕易殺害僧人。是誰殺了小喇嘛呢？

離開那棟屋子的時候，他們所有拴在擋風牆上的馬匹，明明已經被人牽走了。那麼，董團長他們現在所騎的馬，又是怎麼來的呢？

苗君儒有滿腹的疑問，卻又不知道該怎麼問。

第十章

人皮鼓

在西藏這塊神奇的土地上，
剝人皮蒙鼓的歷史非常悠久，
至於從何時開始，已經無從稽考。
不少喇嘛寺院中，都有人皮蒙成的鼓，
有的還有人類頭蓋骨做成的湯碗，
上面鑲嵌著華麗的寶石。

折騰了一夜，又走了這麼久，眼見天邊漸漸露出一抹灰白。

董團長說道：「苗教授，要不我們找個地方休息一下再走？」

苗君儒問拉巴：「你知道這附近哪裏有寺院？」

拉巴說道：「往前走一百多里有一家寺院，我家主人孟德卡頭人可能就在那裏等你！過了前面的山口，就是我家主人的地盤。」

苗君儒微微一笑，他也想知道，那個哈桑頭人家的大管家，是怎麼成為大頭人的。若拉巴的主人真的是孟德卡頭人，那麼，那個在陵墓上方蒙著臉的人又是誰呢？孟德卡在這件事中，扮演的又是什麼角色？

兩山夾谷之間，也有翠色欲滴的草地，不時看到一堆堆的牛羊群，幾個騎馬的藏族牧民，手上拿著打成圈圈的繩子，在羊群的周圍懶散地走著。他們的腰間有一個羊皮袋，袋子裏裝著石子。若牛羊群受到驚嚇而發生騷亂，他們只需用繩索纏上石子用力甩出，控制住頭羊或者頭牛，便可控制整群。

走到離山口不遠的地方，就可清楚地看到山口上那些用石頭壘成的山牆。土司與土司之間，有時候為了爭奪地盤而大動干戈，相互在兩家地盤的交接處山口，建有這樣的軍事建築。這種山牆如城牆一般非常堅實，裏面有匹配的建築物。駐有藏兵，攻防兼備，具有相當大的軍事作用。

還未走到山口下，就聽到一陣長號的嗚咽聲，從上面下來一隊藏兵。騎馬走在前面的，是兩個穿著華麗藏袍的男人。

苗君儒認出最前面那個矮胖的男人，正是以前他見過的哈桑頭人家的大管家孟德卡。緊跟著孟德卡的，是一個身體健壯的年輕人。此時的孟德卡，已經全然沒有了昔日的卑微與畏縮，取而代之的是得意與狂妄。

孟德卡來到苗君儒的面前，微笑著說道：「苗教授，我們又見面了！」

苗君儒也笑道：「是呀，孟德卡大頭人。」

他把大頭人三個字咬得很重。

孟德卡的眼中掠過一抹不易被人察覺的羞怒，他看了一眼苗君儒身邊的人，眼睛定在苗君儒身邊那屍王的身上，問道：「苗教授，這個孩子是誰家的？」

黎明時分，苗君儒扯掉了蓋在屍王身上的衣服。兩人同坐在一匹馬上，那親密無間的樣子，不知道情況的人，還以為他們是一對父子。

苗君儒看了一眼拉巴，微笑著說道：「等下你的僕人拉巴會告訴你的！」

說完後，他來到拉巴的身邊，用手輕輕拍了拍拉巴的背，顯出一副很親熱的樣子。旁邊的董團長看了，眼中閃過一抹疑惑的神色。

孟德卡下了馬，接過身邊的人遞過來的哈達，來到苗君儒的馬前，大聲說道：「我把最誠摯的祝願，獻給我那遠方來的朋友。願我們的友誼，就像雪山上的雪蓮一樣純潔！」

苗君儒並沒有下馬，而是在馬上用一隻手接過了哈達，只淡淡地說了一聲：「謝謝大頭人的好意！」

他這種極為不禮貌的行為，引來了許多藏兵的不滿，有些藏兵已經悄悄抬起了槍口，只等孟德卡下令，就立刻開槍。

苗君儒瞟了董團長一眼，董團長也暗暗示意手下的士兵做好戰鬥的準備。在沒有完成任務之前，他可不想白白死在這些藏兵的手裏。

從山牆後面的垛口內伸出了黑乎乎的炮口，齊刷刷對準這邊。牆頭上出現大批荷槍實彈的藏兵。

一時間雙方劍拔弩張，大有一觸即發之勢。

苗君儒朝左右看了一下，低聲對孟德卡說道：「大頭人想得可真周到。只怕幾發炮彈飛過來，連大頭人都一起玉石俱焚了！」

孟德卡的臉色微微一變，朝身後的藏兵做了一個手勢，等那些藏兵放下槍後，他對苗君儒說道：「我們是朋友，用不著槍口相向吧！我可是誠心誠意來請你們的。」

苗君儒說道：「你能不能告訴我，哈桑大頭人的兒子格布現在怎麼樣了？」

孟德卡哈哈地笑起來，指著身後那個身體健壯的年輕人說道：「苗教授，當年你救他的時候，他還是個孩子，現在他已經是一隻飛翔在天上的雄鷹了！」

苗君儒望著那個年輕人，依稀找到了一些哈桑大頭人的影子。令他想不明白的是，就算哈桑大頭人死了，格布也應該繼承父親的地位，成為新的頭人才對，怎麼會跟著昔日的管家呢？

孟德卡似乎看出了苗君儒的疑惑，接著說道：「你當年和哈桑大頭人結拜兄弟的時候，只見過他的小兒子叫格布，並沒有見過格布的哥哥達傑。來，格布，見過你父親的結拜兄弟。」

與哈桑大頭人結拜時，苗君儒就聽說過，哈桑大頭人家裏有兩隻雄鷹，大老婆沒有生產，兩個兒子都是小老婆生的。

格布下了馬，跪在地上朝苗君儒行了一個大禮，叫了一聲「阿庫！」

在藏語裏，阿庫就是叔叔的意思。

董團長示意手下的士兵把槍收起來，他自己卻把手搭在腰間的槍套上。

一個地方的土司就是一個小皇帝，同漢族一樣，老土司一死，幾個兒子便爭相內鬥，最後肯定是那個最有勢力的人當上繼任土司，失去勢力的人或者被殺，或者帶著幾個貼身的人，遠走他方另起爐灶。運氣好的，經過幾年的拚搏之後，集聚了一定的勢力，重新回去搶奪土司之位。

這種兄弟相殘的事件，不僅僅是在高原上，在全世界的任何一個地方，都是屢見不鮮的。

苗君儒下了馬，對孟德卡說道：「據我所知，在藏族的歷史上，大管家出身的頭人並不多，除非立下赫赫戰功，或者……」

他並沒有繼續往下說，因為他相信孟德卡能夠聽得懂他話中的意思。

孟德卡笑道：「也許你已經知道了哈桑大頭人的死訊，可是你並不知道他的死因！」

苗君儒說道：「我聽丹增固班老土司說過，兩年前，哈桑大頭人為了搶回被偷走的神物，死在漢人的槍下。」

孟德卡看了看格布，正色說道：「不錯，哈桑大頭人是死在你們漢人的槍下，但是如果沒有貢嘎傑布大頭人的幫助，你們漢人絕對不可能搶走神物！」

苗君儒說道：「貢嘎傑布大頭人已經死了，你可別說是你派人殺掉的！」

孟德卡頓足道：「太可惜了，我真想殺了他，替哈桑大頭人報仇！這不，我昨天抓了一個漢人，你來了正好，看我怎麼剝那個漢人的皮，用他的皮蒙鼓！」

董團長一聽這話，忍不住拔出槍對準孟德卡，吼道：「你抓住了什麼人？另外幾個人呢？」

情勢一下子又緊張起來，格布也拔出槍對準了董團長，同時叫道：「你不要亂來！」

苗君儒對孟德卡大頭人正色道：「你真的非常恨我們漢人麼？」

孟德卡呵呵笑了幾聲，說道：「其實你們漢人也有好人，你苗教授就是一個。不過，對於那些來歷不明的漢人，我們都不會讓他們活著離開。」

他說完這句話的時候，眼睛瞟了一眼董團長他們那些人。

苗君儒說道：「你不是想請我看你怎麼剝那個漢人的皮麼？我倒想見識一下。」

孟德卡說道：「當年我見到你的時候，就知道你是個豪爽的人，要不然哈桑大頭人也不會和你結拜兄弟。」他把身體往邊上站了站，做了一個請的手勢。

苗君儒拍馬走在最前面，所到之處，那些藏兵自動讓開一條路，一個個將槍口往上抬，對空鳴槍。藏兵的槍支式樣與國軍的不同，雖然槍支大多是漢陽造，但是從槍口那頭平空生出兩支像羚羊角一樣的彎頭來。這樣的彎頭便於將槍靠在馬背上射擊，在近距離肉搏時，也可如刺刀一般使用。

那一支支的彎頭成四十五度角向上，如同一片古代的槍支一般，平空搭起一道槍林。對於這種特殊的迎接方式，苗君儒並不以為奇，他面不改色地坦然走過去，董團長他們則緊緊跟在他的身後。

一行人在藏兵的簇擁下，走上山口，穿過一個類似城門洞一樣的洞口，眼前頓時一亮，面前是一塊比籃球場大一倍的平地。在平地的中間有一個木頭樁子，樁子上豎著一根旗杆，上面飄著一面旗。

苗君儒一眼就看到了那個被綁在旗杆上的漢人。那漢人的頭垂著，遍體傷痕，衣衫襤褸不堪，有的地方結了一層暗黑色的血痂，很顯然被殘酷地折磨過。在樁子下方，站著一些持槍的藏兵，還有不少躬身背著東西的藏族奴隸。

一個體格健壯、腰間繫著藏袍，坦露著上半身的藏族漢子站在旗杆的邊上，他的手上拿著一把五寸長鉤形彎刀。在他的身邊，還有一條手腕粗細的橫杠，杠子上血跡斑斑，不知道搭晾過多少張剛剝下來的人皮。

在西藏這塊神奇的土地上，剝人皮蒙鼓的歷史非常悠久，至於從何時開始，已經無從稽考。不少喇嘛寺院中，都有人皮蒙成的鼓，有的還有人類頭蓋骨做成的湯碗，上面鑲嵌著華麗的寶石。那種湯碗又叫骷髏碗，其實是藏密宗的法器。藏傳佛教密宗盛行用人的骨骼製成各種法器。骷髏碗也稱人頭器，它是密宗修祛者舉行灌頂儀式時，在灌頂壺內盛聖水，頭器內盛酒，師父將聖水灑在修行者頭上，並讓其喝酒，然後授予密法。灌頂的意義是使修行者聰明和沖卻一切污穢。

用人皮蒙鼓不僅僅是西藏獨有，在明朝，明太祖朱元璋就曾經將犯事的貪官剝皮填草蒙鼓。

從古至今，那些被剝人皮的人，大多是些罪大惡極的人，也有犯了事的奴隸。

在西藏的有些地方，只有聖潔女人的人皮才可以製作鼓皮，所以，也有用純潔無瑕的美麗少女的人皮製作人皮鼓。這種鼓所發出的鼓聲，包含了西藏人心目中希冀的一切。死並不可怕，它如同誕生，作為輪迴的一部分，生與死是平等的，在所有的祈願之中，幸福吉祥最重要。

不同的人皮製作的人皮鼓，其用途也不相同。

像這種用漢人的人皮製作的人皮鼓，通常都只用在戰場上。鼓聲一響，藏兵就會如潮水般衝向前去。

木頭檯子對面的正西方，有一個磚石砌成的大檯子，台上擺了幾張椅子，椅子上鋪著金絲毛墊。

董團長和手下的士兵看到這情景，眉宇間已經多了幾分憤怒，依藏人的這種做法，不明擺著殺雞給猴看麼？

孟德卡走在苗君儒的身邊，朝他又做了一個請的姿勢。

就在苗君儒轉身的時候，綁在旗杆上的那漢人抬起頭來，當他看清了進來的一行人後，突然大叫起來：「苗教授，救救我！」

苗君儒仔細朝那人看了看，他並不認識那個人。可那個人居然叫出了他的名字，肯定是認識他的。

他走了過去，在距離檯子兩三米的地方站定，問道：「你是誰，你怎麼認識我的？」

那個男人喘著氣說道：「苗教授，我是劉掌櫃店裏的夥計，我見過你的！」

苗君儒似乎想起，他幾次去找劉大古董的時候，在店子裏見過這個人，還倒茶給他喝過。但是這一路上，他與劉大古董在一起時，並沒有見過這個人。區區一個店子裏的夥計，怎麼會出現在離重慶千里之外的這種地方呢？他問道：「你怎麼會在這裏？」

那人用舌頭舔了舔乾裂的嘴唇，艱難地說道：「苗教授，你先救我！」

苗君儒轉身問孟德卡：「你們是在什麼地方抓到他的？」

孟德卡說道：「就在你們來的路上，當時只有他一個人。你知道我們恨漢人，所以就把他抓來了！」

苗君儒問道：「他說什麼沒有？」

孟德卡說道：「你也看到了，任由我們怎麼打他，他一個字都不說！」

單獨一個漢人出現在民風彪悍的藏區，是一件極為危險的事情，莫非這個人身上有不可告人的秘密？想到這裏，苗君儒對那人說道：「你先回答我的問題，也許我能求孟德卡大頭人饒你一命！」

那人說道：「苗教授，求你救救我，我只是一個送信的！」

「送信的？」苗君儒問道：「你要送信給誰，是誰要你送信，信呢？」

苗君儒一連問了三個問題，不料那人搖了搖頭，苦笑道：「我要是說了，我也會沒命。苗教授，看在我們認識的份上，你要是不願意救我，也就算了。求求你跟那個大頭人說，乾脆一刀把我的頭砍下來，不要再折騰我了。」

這個人連死都不怕，也是條硬漢子。苗君儒不禁萌生敬意，當下想開口向孟德卡求個人情，把這個人放了。不料身邊的董團長突然拔出槍，頂在孟德卡的頭上，大聲叫道：「快點叫人把那個人放了，否則我斃了你！」

當兵的就是這麼沉不住氣，如果苗君儒向孟德卡開口相求，或許還能救那人一命，被董團長一鬧，這個人情算是沒有了。幾個士兵衝到木台上，把那人從旗杆上解救了下來。

那些藏兵很快反應過來，在格布的率領下舉槍逼了上來。苗君儒見狀，忙揮手叫格布不要輕舉妄動。藏兵人多勢眾，走不走得出去，還得看情況，說不定這麼一鬧，將他與格布的關係鬧僵。

他厲聲叫道：「董團長，你這是幹什麼？」

董團長叫道：「苗教授，你還看不出來嗎？這個孟德卡大頭人把我們引進來，就是想抓住我們的！」

「凡事都有原因的！」苗君儒說道：「你想過沒有，孟德卡大頭人為什麼要抓我們？」

董團長叫道：「他剛才不是說恨我們漢人嗎？」

苗君儒說道：「可是他也說了，漢人也有好人的。更何況，我是哈桑大頭人的結拜兄弟，是格布的叔叔。你先把槍放下，有事好好商量，不要那麼衝動！我有本事把你從天葬台上救下來，就沒有本事把他從這裏救出去嗎？」

董團長一手持槍頂著孟德卡的頭，另一支手勒著孟德卡的脖子，在身邊士兵的保護下，慢慢向外退去。

苗君儒見董團長不聽他的勸，忙伸手從一個藏兵手裏奪過槍，瞄準了那個剛從旗杆上被解救下來的人，說道：「董團長，我不知道的秘密，你也別想知道！」

他已經想到，董團長之所以那麼做，也是像他一樣，想知道那三個問題的答案。正如他想的那樣，這個人身上有著別人想知道的秘密。

董團長嘿嘿一笑，大聲道：「苗教授，知道太多的東西對你沒有好處！你的任務就是幫康先生找到寶石之門。」

苗君儒說道：「那是我的事，和你無關。董團長，如果你想大家都安全離開的話，就把孟德卡大頭人放了！」

董團長叫道：「苗教授，你別唬我。你和我們不同，你有那串佛珠，又是哈桑大頭人的結拜兄弟，他們不敢對你怎麼樣。我們就不同了，只要我一放開他，說不定到頭來和那人一樣，被藏兵綁在旗杆上活剝人皮。只要你敢開槍，我立即殺了孟德卡大頭人，大不了拚出去，活一個算一個！」

苗君儒說道：「你想怎麼樣？」

董團長叫道：「很簡單，安全離開這裏，叫孟德卡大頭人送我們一程，直到找到康先生他們！」

看著董團長那副沉著的樣子，苗君儒似乎想到了什麼，他放下手中的槍，對格布說道：「你帶人跟著我們，只要董團長一放開孟德卡大頭人，你就帶人把他接走！」

格布點了點頭，朝那些堵在山牆洞口的藏兵揮了揮手，那些藏兵立即退開了。

董團長挾持著孟德卡大頭人，一直退了出去，上馬後朝山下狂奔。苗君儒依然和那屍王上了他自己的汗血寶馬，緊跟在董團長他們的身後。

下山後，一行人循著往西南方向去的一條路往前走。格布帶著上千名藏兵跟著他們，雙方距離一兩里地。

苗君儒拍馬追上董團長，大聲道：「你知不知道這麼做的後果？」

董團長笑道：「你認為我這麼做會有什麼後果？」

苗君儒沒有再說話，也許董團長那麼做的時候，就已經考慮到了會有什麼樣的後果。

跑了約上百里地，只見董團長朝旁邊的士兵使了一下眼色，那士兵會意，突然抬槍朝那個剛剛救出來的人開了一槍，那人在馬上晃了兩下，一頭栽了下去。

苗君儒頓時看呆了，他弄不明白董團長為什麼要那麼做，辛辛苦苦冒著生命危險把人救出來，卻又輕易把人殺了。這麼做的目的，難道僅僅是為了不讓他知道那三個問題的答案嗎？

他腦海中突然靈光一閃，想起了一個人來，也終於明白董團長為什麼要那麼做。

在西藏，隨處可見大大小小的瑪尼堆。

苗君儒調轉馬頭，向那個滾落馬下的人跑去，見那人正艱難地爬向路邊的一座瑪尼堆，身後留下一大灘血跡。

他來到那人面前下了馬，上前扶起那人。格布率先追上來，在馬上問道：「他還有救麼？」

那人胸口中槍，子彈從左胸穿過，右後背穿出，人雖然還沒有斷氣，可看樣子，也活不了多久了。他躺在苗君儒的懷中，眼睛卻盯著不遠處的瑪尼堆。

苗君儒似乎明白了什麼，低聲問道：「那上面有你想要的東西？」

那人口中吐血，已經說不出話來了，聽了苗君儒的話之後，艱難地搖了搖頭，又微微點了點頭。

苗君儒接著問道：「你有東西要放在那上面，等別人來取？」

那人想要說話，卻張口噴出一大口血來，眼睛往上一翻，再也不動了！

苗君儒在那人身上搜了一遍，並沒有發現其他的東西。於是朝格布問道：

「你們抓到他的時候，他身上有什麼東西？」

格布下馬說道：「一個包裹，裏面只有幾件衣服和一些吃的東西，在他的身上，我們只找到一包煙和一盒火柴，沒有別的！」

若真的是一個人在藏區行走，所帶的絕對不可能只有那麼一點東西。苗君儒起身走到瑪尼堆前，上上下下仔細看過，沒有發現異常的地方。他想了一下，接著問道：「你仔細檢查過沒有？」

格布說道：「我叫人仔細檢查過，真的沒有找到別的東西，怎麼問他他都不說，所以打算用他的皮來蒙鼓！」

苗君儒想起了死者綁在旗杆上時說的那些話，一個連死都不怕的人，怎麼會害怕被剝皮呢？他蹲下身，撕開死者身上的衣服，赫然見到死者的胸口紋著一隻禿鷹。

乍一看到那隻禿鷹，格布「哎呀」的發出一聲驚叫，接著說道：「怎麼會是漢人？」

請續看《搜神異寶錄10》聖湖風暴

搜神異寶錄 之9 藏地尋秘

作者：婺源霸刀
發行人：陳曉林
出版所：風雲時代出版股份有限公司
地址：10576台北市民生東路五段178號7樓之3
電話：(02) 2756-0949
傳真：(02) 2765-3799
執行主編：劉宇青
美術設計：許惠芳
行銷企劃：邱琮傑、張慧卿、林安莉
業務總監：張瑋鳳

初版日期：2017年11月
初版二刷：2017年11月20日
版權授權：吳學華
ISBN ：978-986-352-472-4
風雲書網：http://www.eastbooks.com.tw
官方部落格：http://eastbooks.pixnet.net/blog
Facebook：http://www.facebook.com/h7560949
E-mail：h7560949@ms15.hinet.net
劃撥帳號：12043291
戶名：風雲時代出版股份有限公司

風雲發行所：33373桃園市龜山區公西村2鄰復興街304巷96號
電話：(03) 318-1378
傳真：(03) 318-1378
法律顧問：永然法律事務所 李永然律師
　　　　　北辰著作權事務所 蕭雄淋律師

行政院新聞局局版台業字第3595號 營利事業統一編號22759935

定價：280元　特惠價：199 元

國家圖書館出版品預行編目資料

搜神異寶錄／婺源霸刀 著. -- 初版. -- 臺北市：
風雲時代，2017.06- 冊；公分

ISBN 978-986-352-472-4（第9冊；平裝）

857.7　　　106006481